# 久遠の呪祓師——
# 怪異探偵犬神零の大正帝都アヤカシ奇譚

山岸マロニィ Yamagishi Maroney

アルファポリス文庫

https://www.alphapolis.co.jp/

# 目次

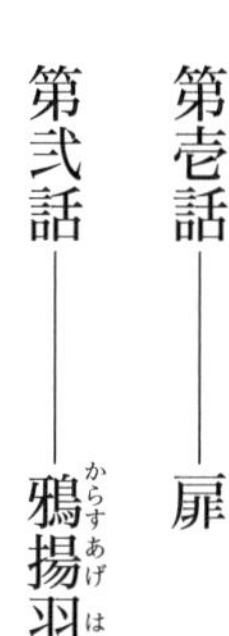

# 第壱話――扉

## 【壱】犬神怪異探偵社

――大正十年、山茶花の頃。

椎葉桜子はウンザリしていた。

目の前に座るこの男、見場はこの上なく良い。良いのだが……。

切れ長で涼しげな澄んだ眼、色白で整った顔立ちは浮世離れしており、はらりと流した長い前髪が魅惑的にそれを引き立てている。その上、細身の長身に纏う、鮮やかな柄物の着流しが粋で洒脱で、女と自覚する者なら、多くが一目で恋に落ちるだろう。

桜子も例外ではなかった。

――ほんの少し前までは。

男の言葉使いは丁寧だし、柔らかく微笑む表情に悪意は見えない。しかし、かれこれ三十分もつらつらと興味の引かれない話をされるのは、かなり辛い。

徳川家康がどうとか、江戸の結界がどうとかという妙な話に、桜子は適当に相槌を打ちながら、テーブルに置かれた紅茶で場を持たせるのだが、これがあまりに渋くて閉口する。

……何なのよ、この人。そう心の中で舌打ちしつつ、どうやって話を切り上げようかと、桜子はずっと考えていた。

そもそも、ここに来るまでにも、彼女を不機嫌にする出来事が重なりすぎていた。

家出した桜子が上京して十日。

田舎生活に嫌気が差し、職業婦人に憧れて東京にやって来た彼女だったが、ここが夢の都などではない事に気付き始めていた。

求人面接に何度も落ち、母の箪笥から拝借したお金も心許なくなった。家賃を払えなければ、せっかく入居できた下宿にも居られなくなる。

そこで心機一転、有り金をはたいて断髪にし、洋装を整えた。先進のモダンガールを装えば、田舎者だと馬鹿にされることもなくなる、そう思ったのだが……。

乗り込んだ市電がギュウギュウで、目的の駅を乗り過ごしてしまうし、次の万世橋で押し出されたものの、初めて見るモダンな駅舎に感嘆する余裕もない。神田川から吹き上げる寒風に、クロッシェ帽とワンピースの裾を押さえて立ち竦む姿は、モダンガールとはほど遠い。

　慣れない革靴で足が痛む。桜子は求人チラシ片手にぎこちなく歩き出したものの、冴えない事この上ない。

　何とか目印の神田明神まで辿り着いたものの、その先の地図があまりに大雑把で、目的地が分からない。入り組んだ裏通りをぐるぐると巡り、疲れ果てた桜子は、鳥居の脇に置かれたベンチに腰を下ろした。

「もうちょっとマシな地図を描きなさいよ」

　チラシを恨めしく眺めて、桜子はこの日何度目かの溜息を吐いた。

　このチラシは、下宿の大家であるシゲ乃が持ってきたものだ。東京に不慣れな桜子にとって、シゲ乃は頼もしい事この上ない存在だった。

　チラシの主は、シゲ乃の知り合いのご近所さんらしく、仕事の内容は雑用とお茶汲み。それで日給一円とは、悪くない条件だ。

　……チラシの端のある「探偵社」という言葉が、少々気掛かりではあったが。

「――お嬢さん、どちらまで？」

　顔を上げると、目の前に人力車が停まっていた。車夫が愛想良くこちらを見ている。

「え？　あ、あの……」

ドキマギする桜子に、車夫は不機嫌な声を上げる。

「ここは車待ちの場所なんだよ。休憩なら他所でやりな」

「ご、ごめんなさい！」

桜子は飛び上がるように頭を下げて、裏通りへと逃げ込んだ。

「……今日は散々だわ」

境内の木々が目に入らなくなったところで、桜子は足を止めた。

どうにも足が痛い。仕方なく、防火用水に凭れて靴を脱いでみる。

「嫌だ、靴擦れができてるじゃない」

おまけに、長靴下が破れて無惨な有様だ。桜子は周囲をチラリと見渡し、人目がないと見るとそれを脱ぎ捨てた。傷の手当てをし、靴に足を戻したものの、みっともない姿にまた溜息が漏れる。

……その時、足元で「ニャー」と声がして、桜子は「ヒッ！」と息を呑んだ。

見ると、金色の目がふたつ、桜子をじっと見上げていた。ツヤツヤとした毛並みの真っ黒な猫。鈴の付いた首輪をしているから飼い猫だろう。チョコンと座り、物言いたげな目をしている。

——ただ、奇妙なことに、額に星の模様が描かれた紙切れを貼られているのだ。

「……な、何かご用？」

桜子が問うと、猫はもう一度ニャーと鳴き、ついて来いと言わんばかりに背を向けた。

「…………」

困惑する桜子を急かすように猫が振り向く。桜子は不審に思いながらも心を決めた。

「このまま帰るのも癪だから、ついて行ってあげるわ」

すると、猫は尻尾をピンと立て、トコトコと裏通りを歩き出した。

下町の街並みをキョロキョロしながら猫に従う桜子の姿は、傍から見れば滑稽だろう。

そうして向かった先、ある建物の前で猫は座った。その金色の目が見上げる、小さな板切れ。

『犬神怪異探偵社』

お粗末な筆書きでそう書かれた蒲鉾板が、煉瓦塀に貼られている。

チラシと見比べる。間違いない、目的地はここだ。しかし、と桜子は眉根を寄せた。

「……やる気はあるの？」

迷いながら何度も通った場所だ。こんな看板では気付くはずがない。

「ニャー」

猫は桜子の足元に擦り寄った後、看板横の外階段をスタスタと上っていく。

桜子は狐につままれた気分だった。信じがたいが、この猫は彼女をここへ案内したのだ。

その背中を目で追い掛けて、桜子はさらに驚いた。

外階段のある建物が、下町とは思えない、立派な洋館だったからだ。

赤煉瓦と漆喰の壁に蔦が絡み、年月を経た瀟洒な佇まいは、まるで御伽の世界のよう。それを囲う山茶花の生垣が、現実と空想の境目に見えた。

「ニャー」

鳴き声にハッと視線を戻す。猫は二階から、「早く来い」と桜子を見下ろしている。

不思議な洋館に不気味な猫。桜子は躊躇した。けれど、ここまで来た苦労を思えば、引き返す気にもなれない。

彼女は恐る恐る階段に足を進めた。

煉瓦の手すり越しに庭が見える。手入れされた洋風庭園は絵画のようで、目に心地好い。

階段を上り切ると、いつの間にか猫の姿は消えており、代わりに右手にある樫の扉が半開きになっていた。

　桜子はソロリと顔を覗かせる。

　中は小さな玄関ホールだった。ぼやけた絵画が飾られているだけで、人気はない。

　左右を見回すと、右手に扉があった。

　木のタイルに響く靴音を気にしつつ、桜子はその扉に向かった。そして、チラシを肩掛け鞄に仕舞い、身だしなみを整えていた時。

　貼り紙がしてあるのに気付いて、桜子は目を細めた。

『開店休業中』――子供の悪戯書きのようだ。

「……は？」

　桜子は戸惑った。踵を返して帰るべきだろうか。

　しかし、それを実行に移す前に、真鍮のドアノブがガチャリと動いた。

　扉から顔を覗かせたのは、派手な着物の若い男。

　彼は長身から桜子を見下ろした瞬間、目を丸くする。そして――

「おやおや」

　と、穴が開くほど見つめてくるものだから、桜子はドキマギしながら言い返した。

「あの、何か？」

「いいえ、昔の知り合いに似ていまして。失礼しました」

気まずそうに目を逸らした男は、扉の貼り紙に気付くと、乱雑に剥がしてクシャッと丸めた。

「子供の悪戯です。お気になさらず。……どうぞ」

　通されたのは、木組みも露わな武骨な部屋だった。入って左手に、応接テーブルを挟んで長椅子が二脚とコート掛け。中央の薪ストーブには薬缶が置かれ湯気を立てている。奥に茶箪笥と本棚が並び、右手の窓を背に置かれた事務机。装飾など一切ない。

　桜子は手前の長椅子に腰を下ろし、お茶の用意に奥に向かった男の様子を眺めた。

　年齢不詳な容姿ではあるが、落ち着いた物腰から察するに、歳の頃は二十代後半といったところか。そんな彼が言う昔の知り合いとは？　それに、こんな殺風景な部屋に子供がいるのだろうか？

　……そもそも、妖しげな風体のこの男。とてもこの洋館の主人には見えない。

　桜子がそんな疑問を脳裏に浮かべていると、ティーカップをテーブルに置きながら、男は心の声に返事をした。

「ここは間借りしているにすぎません。大家さんが女世帯なもので、用心のために住んで欲しいと頼まれまして。私自身は、正直、一文無しですね」

　桜子は驚愕した。心を読まれるほど気味が悪い事はない。

「失礼します！」

桜子が腰を浮かすと、今度は男が慌てた。

「驚かせてしまったのなら申し訳ありません！　私は決して、他人の心を読める訳ではないのです。探偵という職業柄、人の様子を観察する癖がついていまして。……あなたは先程、部屋の中の様子をご覧になった後で、私の格好に目を移した。きっと、立派な洋館に似つかわしくないと思われたに違いない。そう考えたのです」

桜子をなだめながら、男は再び長椅子を勧めた。

……そうして桜子は仕方なく席に戻り、一方的にベラベラと喋られて、今に至るという訳なのだ。

適当な相槌を打つのにも飽きて、窓に張り付く蛾を眺める段になって、男はやっと我に返った。

「余計なお喋りが過ぎましたね。……要するに、鋼鉄の汽車が走ろうとも、煉瓦の建物が天を貫こうとも、あなたの悩みは決して不自然なものではない。むしろ、文明開化により古の結界が崩れつつある、そのための不可避な現象であるとお伝えしたかったのです。ただし、その怪異を呼び起こす要因は、必ず『人の心』にあります。そのため、解決するには、あなたやあなたに近しい方の秘密を明らかにしなければならない場合もあります。それは、あなたの立場や人間関係を崩壊させるかもしれない。その覚悟はおありですか？」

　ここで桜子はようやく気付いた。

　――この人は勘違いをしているのだ。

　彼女は澄まし顔で男を見上げた。

「残念ながら、私にはそんな覚悟はないし、あなたの洞察には間違いがあります。……私は依頼人ではありませんの」

　桜子が鞄から取り出したチラシをテーブルに広げると、男はおやおやと頭を掻いた。

「これはとんだ失態でしたね。しかし、こちらも応募がなくて困っていました」

　クシャクシャと頭を掻く男を見て、桜子は思った。容姿はともかく、この饒舌家と付き合っていくのは、とてもじゃないが面倒臭い。

　この求人は断ろうと心を決めた桜子は、容赦なく突っ込んだ。

「こちらも、とは？」

「いや、こんなご時世でしょう？　いくら蘊蓄を垂れたところで、なかなか依頼人など来やしません。扉に貼ってあった悪戯書きは、満更嘘でないので、余計に腹立たしいです」

「仕事がないのに、どうして雑用係を募集するんです？　ちゃんとお給料は払えるんですか？」

随分と失礼な物言いだが、男はハハハとティーカップを手にした。

「一度依頼があれば、報酬は大きいので。今も一件、依頼を受けていましてね。調査で事務所を空ける事が多いのです。その間に他の依頼人に来られても、留守では申し訳ない。そんな訳で、留守番兼雑用係をお願いしたいのです」

そう言って、男は冷めた紅茶を口にした。

この不味い紅茶を平然と飲む味覚が信じられない。そう思いながらも、桜子は考え直した。

この仕事は間違いなく暇だ。それで給料を貰えるのなら申し分ない。それに、これまで彼女が会った面接官と比べれば、目の前の男は紳士的な態度ではある。変な人なのは妥協すべきか。

そんな桜子の様子をどう捉えたのか、男は愛想良く笑った。

「いつから来ていただけますか？」

桜子は少し勿体ぶってから返事をした。

「明日からでも」

「ではお願いします」

……あまりに呆気なく仕事が決まるのも、逆に不安なものである。余計な事だと自覚しつつ、桜子は質問した。

「あの……家出者ですが、大丈夫ですか？」

「おやおや」

男は再び桜子をまじまじと見つめた。

「育ちの良いお嬢様に見えますが、随分と思い切った事をなさいましたね。早いところ、故郷へ帰られた方がよろしいのでは？」

その言葉に、桜子はカチンときた。

「余計なお世話です」

「ごもっとも、ごもっともですけどね……」

男は苦笑する。

「何かと物騒ですからね、女性の一人暮らしは。そうだ、この屋敷に住まいを移すというのはいかがです？　部屋は余っていますし、ご主人にお願いしますよ。それに、ここは関東の鎮守である将門公を祀った神田明神がすぐそこです。あなたには相応しいと思いますよ」

桜子は眉をひそめた。

――妙な言い草だが、もしかしたら、口説いてるつもりだろうか？

認めたくはないが、桜子は容姿に自信がなかった。だからこそ、簡単に落とせると思われたのだろうか。随分と甘く見られたものだ。

桜子は毅然とした態度で言い放つ。

「やっぱりお断りしますわ。失礼します」

「待って！　お気に障りましたのなら謝ります。紅茶を淹れ直しますから」

「結構です」

「なら、二円、二円にしましょう。一日二円。それでもう一度、考え直してくれませんかね」

あまりにも必死に引き留めてくる男の様子を不審に思い、桜子は首を傾げた。

すると男は所在なげに頭を掻いた。

「正直に言いますと、求人を頼んだのが、良くしていただいているお隣さんでして。その方が知り合いに頼んでくださり、あなたが来た。つまり、この求人が上手くいかないと、私は気まずいのです」

「……なるほど」

しかし、日給二円とは好条件だ。桜子はオホンと咳払いをした。

「そこまで仰るのなら、仕方ありませんわ。このお仕事、お受けいたします。ただし、私は下宿を出る気はありませんの。それに、二円のお約束、忘れないでくださいね」

「もちろんですとも」

男は安堵した顔で、桜子に封筒を差し出した。

「契約書です。後でお読みください。それから……」

　と、男はニコリと笑顔を見せた。

「素足では寒いでしょう。靴下代もバカになりませんから、着物でお越しいただけば大丈夫ですよ。私がこんな風ですし」

　それを聞いて、桜子はカッと顔を赤らめた。この男は、乙女の恥じらいを見て見ぬ振りをするという気遣いができないらしい。

「失礼します！」

　桜子は封筒をひったくり、扉に向かった。

　男が呼び止めた。桜子はキッと振り返る。

「あと、もうひとつ」

「まだ何か？」

「帽子とコートをお忘れですよ。それと、自己紹介を忘れていました」

　男は桜子に歩み寄り、握手（あくしゅ）を求めた。

「犬神零（いぬがみれい）です。どうぞよろしく」

「……あのような言い訳をしてまで、何故(なにゆえ)に斯様(かよう)な女子(おなご)に拘(こだわ)る？」

事務所に奇妙な声が響く。老人のような、青年のような、子供のような。零の他に人影はない。しかし、彼は不可解に思う様子もなくそれに答えた。

「変化(へんげ)して覗き見とは、悪趣味ですね」

「そなたの女子(おなご)を見る目には及ばぬ。気付いておらぬ訳ではなかろう。あの者は……」

「はい。あれだけの憑依体質(ひょういたいしつ)の方は初めて見ました。よくもここまで、怪異に関わらずに生きてこられたものです」

「ならば何故(なにゆえ)雇った？」

零は事務机に腰を預けて、窓硝子(まどガラス)で翅(はね)を揺らす、季節外れの蛾に目を遣った。

「放っておけないんですよ。あのように無防備にこの魔都を歩き回ったら、この先どんな目に遭(あ)うか」

「そなたの近くに置けば災厄(さいやく)が防げると？　人助けとでも思うたか。浅はかな。そなたが対峙する怪異が、あの者に取り憑(と)いたら如何(いかが)する？」

蛾は鱗粉(りんぷん)を撒き散らしながらパタパタと羽ばたく。

「その時は、小丸に助けてもらいます」

零はそう言うと、帯の煙草入れ(たばこいれ)から根付(ねつけ)を外し、掌(てのひら)に置いた。獣の骸骨(がいこつ)を象(かたど)ったそれは、カタカタと顎(あご)を鳴らす。まるで主人にじゃれ付くように。

「犬神などという下等な鬼に頼っておるから、そなたは成長せぬのじゃ」

「情け容赦のない式神（しきがみ）よりは、私は好きですね。それに、猫を使って彼女をここへ導いたのは、あなたではないですか」

零が反論すると同時に、蛾が煙（けむり）と化した。

その煙は床の近くに寄り集まり、小さな人の形を成す。

毛先にくるんと癖のある髪の少年は、不遜（ふそん）な目で零を睨（にら）んだ。

「客だと思うたのじゃ。そなたに商売気がないから、稼（かせ）ぎ時を見失わぬようにじゃな」

少年は苛立（いらだ）った様子で、茶箪笥から煎餅（せんべい）の袋を取り出す。

「とにかくじゃ。何があっても余は知らぬぞ、零（ナナシ）」

彼はそう吐き捨てると、袋を抱えて応接の奥の扉へと姿を消した。

「――人助け、ですか……」

それを見送り、零は渋い顔で肩を竦めた。

「分かってますよ、ハルアキ様」

◇

浅草の片隅。遠く凌雲閣を望む場所に、桜子の下宿はある。

木造二階建ての長屋の階段に向かう途中、一階の窓辺で大家のシゲ乃が煙管を燻らせている。そして桜子に気付くと、ニヤリと金歯を見せた。

「面接はどうだった？」

「おかげ様で採用されました。明日から勤めます」

「そりゃあ良かった」

シゲ乃は人情に厚く、東京暮らしに困っていた桜子が世話になれたのは、幸運というより他ない。……少々お節介なきらいはあるが。

それからシゲ乃は、興味深々な顔で半纏を羽織った身を乗り出した。

「サダちゃんの話だと、探偵さん、絶世の美男だそうじゃないか。実際どうだった？」

サダとは恐らく、犬神零が求人を頼んだという隣人だろう。桜子は苦笑して答える。

「確かに、容姿はこの上なく良いんですけど、私は、ちょっと苦手かな……」

「おや、随分と面食いだね」

シゲ乃はニヤニヤと桜子を眺めた。いや、容姿の問題じゃなくて……と言い掛けたが、せっかくの仲介に水を差してはいけないと、桜子は愛想笑いに留めた。

桜子はシゲ乃に丁寧に礼を言ってから、二階の部屋に向かう。

そして扉を閉めた途端、どっと疲れに襲われて、彼女は立ち尽くした。

四畳半の部屋を見渡せば、行李ひとつと煎餅布団。あまりに殺風景な部屋は、冬の空気以上に寒々としていた。

彼女の故郷は北国だ。けれど家は裕福で、火鉢の火は絶えず、寒いと感じた事がなかった。

「……はあ……」

彼女は大きな溜息を吐いて畳に上がり、ペタンとへたり込んだ。

——いっそ、あの屋敷に引越してしまおうかしら。そうすれば……いやいや、あんな妙な奴につけ入る隙を見せたら終わりだわ。

ふと浮かんだ発想を、桜子は首を振って否定した。

そして契約書を読めと言われた事を思い出す。

彼女は肩掛け鞄から封筒を取り出し、中の紙を開いた。

そこには、探偵社の看板と同じく、ギリギリ読める程度の乱雑な文字が並んでいる。

出退勤時間、仕事の内容、賃金について。それから……。

桜子は最後の二行を読んで眉をひそめた。

『応接ノ奥ノ扉ハ決シテ開ケヌヤウニ』

「……応接の奥？　扉なんてあったかしら？」

それから最後にこう書かれていた。

『同封ノ御守ヲ肌身離サズ持チ歩クヤウニ』

そこで桜子は、封筒の中にまだ何かあるのに気が付いた。

出してみると、神田明神の御守袋だ。

「……は？」

意味が分からない。犬神零は結界がどうのとか将門公がどうのとか、妙な話ばかりしていたが、一体どういうつもりなのか。しかし、そのまま捨てるほど不信心ではない。桜子はワンピースのポケットに御守袋を納め、そのままゴロンと横になった。

## 【弐】扉ノ向コウニ棲マヒシ者

――翌朝。

「おはようございます！」

靴音高く、椎葉桜子は犬神怪異探偵社の扉を開いた。長靴下を買い直し、洋装を貫いたのは、桜子なりの意地だ。

だが、返事はなかった。事務所を見渡しても人影はない。

「……え？」

桜子は仕方なく中に入り……そして、応接テーブルの置き手紙を見付けた。

そこには、やはり読みにくい字でこうあった。

『出掛ケマス。掃除ヲヨロシク』

そして最後に、こう付け加えてある。

『左ノ扉ハ絶対ニ開ケヌ事』

そういえば、契約書にも扉を開けるなと書かれていた。

桜子は辺りを見回し、窓とは反対側に目をやると、果たして、そこには扉があった。コート掛けの陰になり、長椅子からは死角になっていて、昨日は気付かなかったのだろう。

桜子は扉に近付く。入口と同じく樫の扉。ピタリと閉ざされ、その向こうは窺い知れない。

しかし、気になるからといきなり開けるほど、桜子は子供ではない。一旦テーブルに戻り、前掛けをして腰に手を当てた。

「さて、お仕事よ」

ハタキで棚の埃を落とし、箒で塵を集める。机を拭き、窓を拭き、床を拭く。流しのティーカップを洗い、茶箪笥の整理をして、屑入れにゴミをまとめる。

……しかしながら、客はおろか、主の犬神零も帰って来る気配はない。

ポツンと一人きりの事務所。慣れない場所に無為に置かれるのは、心許ないものだ。そんな時はつい、余計な事を考える。

——あの扉の向こうには、何があるのかしら。……開けなきゃいいのよね。

桜子は足音を忍ばせて扉に近付いた。扉に耳を当てて様子を窺う。

すると、中で物音がした。カラカラと何かを転がすような音。そして、子供の呟き声。

——子供？　もしかしたら、昨日の悪戯書きの犯人だろうか？　……ひょっとして、あの人の隠し子とか？　学校にも行かせないで部屋に閉じ込めておくなんて、許せないわね。

桜子は一旦退がり、窓の外を確認する。通りに犬神零の姿がないと見ると、再び扉の前に戻った。

ノブを掴み、ゆっくりと引く。扉は音もなくスッと動いた。

桜子が中を覗くと、そこは納戸のようだった。

六畳ほどの広さの小部屋。四方を棚に囲まれ、そこに雑然と物が置かれている。天窓からの光で、中は明るい。

……その天窓の下の床に、一人の子供がこちらに背を向けて座っていた。七、八歳くらいの男の子だ。毛先がクルンとした髪をツヤツヤさせ、白いシャツに紺色のチョッキを着て床を見下ろす。先程よりはっきりと聞こえる音から察するに、サイコロを転がしているようだ。そしてブツブツと独り言を呟く。

「……八……十一……五……三……」

桜子は察した。学校に行かせてもらえないから、サイコロの目を数えて、自分で勉強をしているのだ。こんな薄汚い部屋に閉じ込めるなど、虐待に他ならない。

何て可哀想な子なの――と、桜子は声を掛けた。

「もう大丈夫よ、安心して。私が助けてあげるから」

すると子供はビクッと振り返った。見開いた目は黒曜石のように輝き、柔肌が眩いばかりの美少年だ。

桜子は手を差し伸べた。

「私に任せて。ここから出してあげる。さあ」

だが、少年の口から飛び出したのは、子供らしからぬ言葉だった。

「無礼者！　無断で扉を開けるなとあれほど申しておいたのに、何故開いた！」

キョトンとしたのは桜子の方だ。

「え？　だってあなた、あの人の隠し子で、ここに閉じ込められてるんでしょ？」

「たわけが。思い込みもはなはだしい」

少年はよいしょと立ち上がり、桜子を部屋から押し出して、バタンと扉を閉めた。

桜子はそのまましばらくポカンと樫の木目を眺めた。

……何なの、あのガキンチョ。お公家（くげ）かお武家みたいな話し方をして偉そうに。

猛烈に腹が立ってきて、桜子は再びノブを引いた。

扉はスッと開き、少年が苛立った表情をこちらに向けてくる。

「分かったわ。私があなたに礼儀を教えてあげる。さ、こっちに来なさい」

「嫌じゃ」

桜子は少年の腕を引っ張った。

「嫌じゃないわ。さあ、来るのよ」

いくら生意気を言っても、子供の腕力では大人に敵（かな）わない。

「狼藉（ろうぜき）を働くとは許せぬ！」

少年はジタバタと抵抗しつつも引（ひ）き摺（ず）られ、挙句（あげく）に桜子の手を引っ掻いた。

「痛ッ！」

桜子が手を緩めた隙に、少年は彼女の横をすり抜けて事務所に飛び出す。

「待ちなさいよ、コラ！」

桜子が追い掛けると、少年は身軽に机を回り込む。そしてタタッと納戸に戻り、再び彼女の目前で扉を閉めた。

「……本気で腹が立ってきたわ」

桜子は両手でノブを引っ張る。しかし、今度は内側からも引っ張っているようで、簡単には開かない。

「出てきなさいよ、このクソガキ！　懲らしめてやるわ」

「左様に言われてノコノコ出ていく阿呆がおるか！」

しかし、引っ張り合いなら体が大きい方が勝つのが道理である。桜子がグイと体重を掛ければ――

「アアッ！」

と扉に引かれて少年は転がり出た。

桜子は腰に手を当てて睨み下ろした。

「覚悟なさい！」

しかし、少年に怯んだ様子はない。彼は忌々しげに舌打ちすると、ニッカポッカのポケットから何かを取り出した。

「致し方あるまい」

少年が腕を振ると、ピンと伸ばした中指と薬指の間に挟まれた、紙切れのようなものが手から離れる。それはくるくると宙を舞い、桜子の目の前でピタリと静止した。

白い和紙を人の形に切り抜いた人形。お祓いに使うようなやつだ。しかしそれが、空中にピタリと留まっている状況は、桜子には理解できない。

「……え……？」

動揺する桜子に、少年が吐き捨てる。

「六合よ、出よ」

すると、人形が焔に包まれた。黄金色の鮮烈な光を放ち、それはある形を象った。

――顔。柔和な老爺。細めた目尻に皺が寄り、白い顎髭が揺れる。まるで、翁の能面のよう。

その顔だけが、桜子の目の前に生々しく浮いているのだ。そんな異常な状況を前にして、冷静でいられるはずがない。

桜子は腰を抜かした。そして大きく目を見開いて息を吸う。それが絶叫になる寸前。

「黙らせよ」

少年が言うと、老爺の顔がフッと微笑む。桜子の目は、その視線に捉えられた。

途端に体が重くなる。意識が薄らぐ。

「あ……あれ……」

このままだと眠ってしまう。桜子は必死で床を這い、長椅子に半身を預けた。しかしそこで、彼女の意識は途切れた。

……目を開くと、知らない顔が桜子を覗き込んでいた。

白髪交じりの結髪に、洗いざらしの割烹着の、恰幅の良い婦人。彼女は弛んだ目元を細めて、桜子に話しかける。

「やっとお目覚めかい？　仕事始めから昼寝とは、いい度胸だね」

その言葉にハッとして、桜子は飛び起きた。

……毛布が掛けられている。かなりの長時間、寝入っていたという事だろう。しかし、桜子に昼寝をした覚えはない。

「あ、あの、私、そんなんじゃ……」

否定したいが、眠る前の行動が一切思い出せない。それに、この婦人が誰かも分からない。

すると、奥から聞き覚えのある声がした。

「隣家のサダさんです。お裾分けを持ってきてくださったところ、あなたが寝ていたので、毛布を貸してくれたんですよ」

そう言いながら、犬神零は湯気の立つティーカップをテーブルに置いた。

「目覚ましにどうぞ」

「あ、ありがとうございます……」

桜子は礼を言って毛布をサダに返し、舌が痺れるほど渋い紅茶を一気に飲み干した。

「シゲちゃんの紹介って言うから、どんな子かと思ったけど、なかなか大した子だね」

サダが嫌味を言う。桜子はむくれて見せたものの、反論できない。

「しかし、桜子さんがきちんと掃除をなさったのは、見れば分かります。何か、特別な事情があったのでしょう」

零にそう言われて、サダは渋々引き揚げていった。

「さて……」

呆然とする桜子の向かいに、零は腰を落ち着けた。

「あの扉を開けたのでしょう？」

彼の指が示す方向にある扉。

混乱する桜子の様子に、零は苦笑した。

「無理もありません。あの方に術を掛けられたのでしょうから」

「……術？」

零はわざとらしく周囲を見回し、声をひそめた。

「明治の世になってからは、名乗る事を禁じられていますから、こんな話が他に漏れると、私はお縄になってしまいます。ですから、内緒ですよ？」

「はぁ……」

「私、陰陽師の一族でして」

キョトンとする桜子の前に、零は一枚の名刺を置いた。

「犬神『怪異』探偵社――昨日は詳しく説明しませんでしたが、私、ただの探偵ではないのです。もちろん、人捜しや浮気調査、飼い猫の捜索なんて事もします。ですが、私が専門とするのは、人が起こした事件ではなく、呪いが引き起こす『怪異』です」

「け、い……？」

「普通は怪異と読みますけどね。我々の業界では『怪異』と呼びます。常識では説明のつかない不可解な現象、とでも言いますか。それもそのはず。何せ犯人は、人の『心』ですから」

「……………？」

「その不可解な現象の原因を取り除くのが、我々陰陽師の仕事です。その原因は、大抵『妖』や『鬼』と呼ばれる存在です。妖と鬼は何が違うのかと言うと、妖は積極的に人に害を為さない存在、鬼は害を為す存在。人間側の都合でそう呼び分けているだけで、元は同じものです。そして、妖や鬼を呼び寄せるものは、必ず、人の負の感情、つまり『呪い』なのです」

昨日と同じく、零はベラベラと口を動かし、桜子はポカンとそれを眺める。

「ですから、鬼を退治するだけでは、怪異は終わりません。呪いがまた別の鬼を呼び寄せますから。人の心の形を完全に解明し、呪いを解かなければ、真に解決とは言えないのです」

　昨日も、勘違いした零が『覚悟』が何とか喋っていたが、それはこういう意味だったのかと、桜子は理解した。

「そして、桜子さんも聞いた事はありますかね、『式神』という名を。一部の陰陽師が使役する鬼の事ですが、なぜ鬼を『神』と呼ぶのか。それは、鬼と神もまた、根源は同じものだからです。人にとって都合良く作り変えた鬼を神と呼ぶ場合があるんです。もちろん、太古より存在する原初の神もいます。そういう存在は、我々には祓う事が困難でしてね、触らぬよう、祟（たた）られぬよう、ご機嫌を取り続けている。人と神との関係は、そういう……」

　黙っていたら、いつまでも話は終わらないだろう。桜子はコホンと咳払（せきばら）いをした。

「それとあの扉と、どういう関係が？」

　すると零は気まずそうに頭を掻いた。

「つい余計な話を。あの扉の向こうには子供がいまして。親族の子供なんですがね、あまりに能力が高くて、持て余した末に、私が預かる事になったのです」

「へぇ……」

「陰陽師というのは、基本的には占い師や祈祷師（きとうし）の類（たぐい）です。ですが時折、異能を持つ者が現れる。先程言った『式神』です。式神は本来、人に害を為す鬼ですから、それを手懐けるというのは並大抵の事ではありません。自由自在に操れるのは、ごく一部の異能を持つ者のみ。もちろん、私はそんなもの使えません」

「はぁ……」

「それは便利であると同時に、とても恐ろしいものです。悪意のある使い方をすれば、人を傷付けたり、世の中を混乱に陥れたりもできる。先程、桜子さんを眠らせたのも、式神の能力です。……そんな事情で、仕方なく預かったものの、ひねくれ者で手を焼いていましてね。自分の城とばかりに納戸に引きこもって、私も入れてもらえません」

「ふうん……」

「ですから、あまり刺激しないように。良いですね？」

そう言って零は、テーブルに置かれた小鉢を桜子に勧めた。

「サダさんに頂いたハゼの佃煮です。江戸っ子らしく、口は悪いですが、佃煮の味は絶品です」

釈然としないまま、桜子はハゼを摘まんだ。濃い目の味付けは、なるほど美味しい。

「ところで……」

零も一匹摘まみながら、軽く腕を組んだ。

「若い女性にお伺いしたいのですがね」

「何ですか、急に」

二匹目を手に取り、桜子は零にチラリと目を向けた。

「女性にとって、衣装とは、沢山持っていた方が良いものですか？」

唐突な質問を訝しく思い、桜子は犬神零を観察するが、その薄笑いからは何一つ読み取れない。

彼女は仕方なく答える。

「うーん、手入れや片付けが大変だし、私は、気に入ったのが何枚かあればいいわ」

「そうなのですね、なるほど……」

零はわざとらしい仕草で手を顎に当てた。桜子に聞かせたい話があるが、自分から話すのは秘密保持の立場上良くない。だから、桜子に聞かれて仕方なく……という体裁を作りたいのだろう。

その思惑に乗るのは癪だったが、好奇心には勝てず、桜子は三匹目のハゼを口に運びながら尋ねた。

「何で、そんな事を聞くんですか？」

すると案の定、零はニヤリとして話しだした。

「いえね、今依頼を受けている方が、言わば衣装中毒のような方でして……」

◇

――御影弥生が犬神怪異探偵社を訪れたのは、七日前の事だった。

歳の頃は十七、八だろう。長く下ろした黒髪に、斬新な柄のワンピースが目を引く。しかしその装いに負けないほど、彼女自身の容姿も非常に整っていた。

赤いハイヒールを鳴らして応接に進み、長椅子にドカリと座ると、弥生は零に言った。

「扉を開けてほしいの。お金ならあるわ」

――おやおや、随分な物言いをなさる。零は紅茶を淹れながら応えた。

「建て付けが悪いのなら建具屋に、鍵を失くしたのなら錠前屋に行かれては？」

「もちろん行ったわよ。でも全部断られたわ。だからここに来たの」

不機嫌に零を見据えるその容貌は、絵画から飛び出てきたように美しい。ただ、あまりに整いすぎているため、人間味に欠ける印象を受ける。

零は弥生の前にティーカップを置き、自分も向かいに腰を下ろした。

「お受けできる保証はありませんが、どのような扉なのか、お聞かせ願えますか？」

すると弥生は、黒いタイツに包まれた形の良い脚を組んだ。

「土蔵の扉よ」

「ほう、どのような土蔵で？」

「うちは昔からの地主で、代々の家宝とか、村の祭りの道具なんかが収められてるらしいわ」

「いつから開かないんです？」

「私が物心つく前から」

「それは随分ですねえ」

弥生が手を付けないので、零は自分のティーカップを手にした。

「どうして開かないのですか？」

「大きな錠前が五つ、ぶら下がってるの」

「しかし、錠前ならば錠前屋……」

「だから、錠前屋には断られたの。蔵の前まで来たけれど逃げ帰ったわ」

零は目を細めて弥生を見据えた。

「なぜ？」

弥生は少し躊躇を見せた後、俯き加減に答えた。

「異常なの。おかしいのよ。けれど、なぜそうしているのか、両親に聞いても答えてくれないの。鍵を失くしたとしか」

「具体的には、どう異常なんです？」

弥生は組んだ脚を解き、膝を揃えて手を置いた。

「御札よ。御札が、元の扉が見えないほど貼り重ねられているの」

「……なるほど」

確かに尋常（じんじょう）ではない。

つまり、そうまでして隠しておきたい何かが、その蔵には眠っているという意味だろう。

零のところに持ち込まれるべき案件には違いない。

今度は零が脚を組んだ。

「異常なのは御札だけですか？　奇妙な現象などはありませんか？」

「音がするわ」

「音、というと？」

「小さい頃から、あの蔵が怖かった。夜になると、妙な物音がして」

「どんな音です？」

「ガサッ、とか、ゴトッ、とか」

「それだけ？」

「それだけよ」

……おかしい。扉を封印する理由としては、怪異が小さすぎる。

零は目を細めた。

その態度が不満だったのか、弥生は刺々しい声を出した。

「この依頼、受けるの、受けないの？」

「真の解決を望むか否か、あなたのお心次第です」

「……どういう意味？」

零は膝の上で手を組み、弥生を真っ直ぐ見据えた。

「扉を開けば、あなた、そしてご両親の知られたくない過去、隠さねばならない秘密を解き放つ事になるでしょう。……あなたに、それを受け止める覚悟はおありですか？」

弥生はくっきりとした目を大きく見開き、零を見返した。

そしてフッと視線を逸らして立ち上がると——

「いいわ。そうやって断るのね。他を当たるわ」

そう言って出ていってしまった。

客を取る気がまるで感じられないその物言いでは、当然の結果である。

しかし、本当に悩んでいるのであれば、その程度で諦めたりはしないだろう——この時零はそう確信していた。

果たして翌日、弥生は再びやって来た。

彼女は昨日とは打って変わって、しおらしく長椅子に納まると、零を見上げる。

「やっぱり、お願いする事にしたわ」

黒のセーターに黒のスカートという控えめな衣装の中で、ベレー帽に飾られた薔薇のコサージュが、鮮やかに自己主張をする。

「では、お聞かせ願えますか？」

ティーカップを弥生の前に置き、零は促した。

「――あなたの、真の目的を」

彼女はカップを手に取り、じっと紅い液体を見つめる。

「……お金が欲しいの」

「ほう……」

「だって、開けもしない蔵に、家宝を入れっ放しにしておくなんて、勿体ないじゃない」

顔を上げた弥生の目は、零を見ると揺らめいた。

「そのお金を、何に使われるので？」

弥生は恨めしそうに零を睨み、やがて諦めた様子で答えた。

「服が欲しいの。上等な服を何枚買っても、全然足りないの。普通じゃないとは、自分でも分かってる。両親は病気か狐憑き(きつねつ)かと、医者や祈祷師に診(み)せたわ。でも、治らないの」

## 【参】黒キ花嫁

「弥生さんの話では」

　零はハゼを口に入れる。

「毎週のように日本橋(にほんばし)の百貨店に通って、服を新調しているようです。そんな事をしていれば、どれだけお金があったって底をつきますよ。ご両親も心配なさる訳です」

「だから、ご両親には頼れず、自力で資金調達をしようと……」

　桜子は小鉢の底に鎮座(ちんざ)する最後の一匹を眺めながら頷く。

「そんな風じゃ、お屋敷の中は大変でしょうね」

「私も気になりましてね。あわよくば、問題の蔵も見てみたいと、その翌日、行ってみたんですがね」

　桜子の視線に気付く素振(そぶ)りもなく、零は最後の一匹を口に放り込んだ。

「門前払いでしたよ」

——武蔵野の田園地帯。遠くに並ぶ工場の煙突と見比べれば、文明から取り残されたような印象を受ける。

そんな田園風景の中で、御影家は一際存在感を放つ屋敷だった。武家屋敷のような門構え。漆喰に燻し瓦の高い塀に囲まれた佇まいは、圧倒されるほどだ。

しかし……と、零は門を見上げて腕組みした。

所々、瓦が剥がれて土が覗き、枯れ草が生えている。ひび割れた漆喰も、修繕された様子はない。弥生の浪費は、彼女の話以上に深刻なのかもしれない。

零はトンビコートを羽織った襟元を整え、声を張り上げる。

「御免ください」

しばらくして、門の向こうに足音が聞こえ、潜り戸が細く開いた。

「……はい」

そこから顔を覗かせたのは、細面の女だった。年増ではあるが、くっきりとした目鼻立ちは弥生に似ている。おそらく母親だろう。

訝しげに見上げる彼女に、零は笑顔で名刺を差し出した。

「――古物商・犬神商会（いぬがみしょうかい）？」

「こちらに立派な蔵があるとお聞きしまして、ご不要なものがあればと」

職業柄、零は適当な名刺を何種類か持ち歩いている。いきなり探偵だと名乗っては、警戒心を煽（あお）ってしまうためだ。しかし今回は効果がなかった。

「ありません」

彼女は眉をひそめてそう言い放つと、ピシャリと戸を閉めた。

「……まあ、そうなりますよね……」

零は自分の姿を見下ろした。手持ちの中では地味な着物を選んだのだが、長閑（のどか）な農村では浮いている。

仕方なく屋敷を外から見る事にした零は、塀に沿って左手に進む。その先に広がる農閑期の田畑には、所々に雪が積もっており、何とも寒々しい。

そんな中を、縕袍（どてら）を着た年配の婦人がやって来た。

「こんにちは」

零は挨拶してみたが、化け物でも見るような顔をして、婦人は通り過ぎていった。

「……やれやれ」

零は肩を竦めた。

少し行くと、右へ入る畦道があった。そこから御影家の屋敷全体を一望できる。かなり広い。母屋だけでなく、使用人小屋やら牛小屋やら、別棟もいくつかあるようだ。

問題の蔵は、最も奥の建物だろう。屋敷裏の藪の竹が屋根に覆い被さるように伸びている。もう少し近くで見たいと、零はそちらに向かった。

藪の小径の先に沼がある。ちょうど屋敷の裏にあたる。

木々に囲まれ、淡い木漏れ日が凪いだ水面に映る。

零は近付いて水面を覗いた。あまりに透き通っており、深淵に黒々と揺れる藻までも見通せる。湧き水があるのか、底なし沼を思わせるほど深い。

それから屋敷を振り返る。藪越しに見える蔵のなまこ壁に、小窓がひとつ。観音開きの窓扉は閉まっている。

……しかし、何か違和感がある。もっと近くで見てみようと向かう途中、零は不意に足を止めた。

「……おやおや」

危うく蹴ってしまうところだった。零はその前に屈んだ。

──小さな祠。

笹葉に隠れるように、それは佇んでいた。まだ見ぬ神に敬意を示し、零は手を合わせた。

　何が祀られているのかと覗き込んでみるものの、うず高く積もった枯葉に隠れて、中が見えない。これでは可哀想だ。零は祠に手を入れ、枯葉を掻き出していると……。

「あんた、何やってンだい！」

　鋭い声が飛んできた。ドキッとして振り返ると、先程すれ違った褞袍の婦人が、同年代の婦人を三人引き連れてこちらを睨んでいた。

「見慣れない顔だね。泥棒かい！」

「さっき、御影さんの所に行ったそうじゃないか。何が目的なのさ！」

「警察を呼ぶよ！」

　口々に捲し立てる四人の婦人に、零は慌てた。

「ちょ、ちょっと待ってください！　私は決して、怪しい者ではありません。こちらの祠に祀られているものが、気になっただけなんですよ」

　彼は人懐こい笑みを浮かべると、袖口から名刺を取り出してご婦人がたに見せた。

「……帝東大學、民俗学准教授？」

　訝しげな目線を返す彼女らに、零は愛想笑いを振り撒いた。

「郷土史の研究をしています。湧き水のある沼には、謂れがある事が多くてですね。丁度そちらにお屋敷があったので、お話を伺えるかとお邪魔した次第です」

名刺の効果があったのか、首に手拭いを巻いた婦人が言った。

「駄目だったろ？」

「はい、門前払いでした」

零は苦笑した。

「この祠には、何が祀られているのです？」

「竜神様だよ」

縕袍の婦人が前に出て、積もった枯葉を取り除く。すると、竜の頭を象った素朴な石像が現れた。

「黒沼の守り神さ」

「あんた、良く見りゃいい男だね」

こめかみに膏薬を貼った婦人が、名刺と零の顔を見比べてニヤニヤした。

「だけどさ、大学の先生がこんな珍妙な格好をしてるモンかい？」

もんぺを穿いた婦人が、疑わしげに零を見上げた。零は精一杯の笑顔で取り繕う。

「いつも見た目で損をしているんですがね。郷土研究をするのに、背広にソフト帽じゃ似合いませんから。浄瑠璃はお好きですか？　あれは、地域の特色がある物語と、絢爛豪華な衣装が実に興味深い。どっぷりハマってこのザマですよ、ハハハ……」

するとご婦人がたも釣られて笑った。

……どうやら、過度な警戒は解けたようだ。零は胸を撫で下ろした。

「うちに来な。祭りでやる浄瑠璃の話をしてやるよ」

褞袍の婦人がそう言って、先に立って歩き出した。

「……浄瑠璃か。なぜそう思うた」

いつの間にか事務所に現れた少年が、零の話に口を挟んだ。

「山勘です。よくあるじゃないですか、村祭りで浄瑠璃やら田楽やらをやる所が。それに、弥生さんの衣装に対する執着にも繋がる気がしましてね」

「目の付け所は悪くない」

桜子はしばらく、この少年に気付かなかった。しかし、彼が空の小鉢を見て——

「余の佃煮は如何した！」

と金切り声を上げた事で、全てを思い出した。

紛れもなく、納戸にいたあの生意気なガキンチョである。彼女は少年の首根っこを掴まえた。

「あんた、私に何をしたのよ！」

「放せ、無礼者！」

少年はジタバタして桜子の手を振り解くと、零の背後に身を隠した。

「この女子を何とかせい、ナナシ」

「忘却の術が解けるとは、あなたの力も落ちましたね。それに、私はナナシではありません」

「『零』即ち『無』じゃ。名が無なら名無しであろう」

「やれやれですね……」

苦笑しながら、零は仁王立ちする桜子に少年を示した。

「紹介が遅れました。先程話した親族の子供——ハルアキです」

「自分で名乗りなさいよ。やっぱり礼儀を仕込まなきゃ……」

「そなたのような無礼者に名乗る名などない」

ぷいと顔を背けるハルアキに、桜子は思わず歯噛みする。

「あったま来た……！」

「まあまあ、落ち着いてください。干し芋を焼きますから」

零はそう言って、干し芋を薪ストーブの上に並べた。

「……話を続けますよ。それから私は、褞袍の婦人のお宅にお邪魔したのですがね……」

◇

そこは、御影家と比べるとあまりに粗末だった。藁葺き屋根の軒を潜り、土間を上がる。

囲炉裏端に腰を落ち着けると、見た目以上に暖かかった。四人のご婦人がたが手際良く湯呑みに白湯を注ぎ、囲炉裏の金網に干し芋を並べ、漬物や干し柿を持ち寄れば、瞬く間に座談会の場が出来上がる。

「これ食ってみ、美味いから」

膏薬の婦人に勧められるまま、雫は瓜漬けを摘まんだ。

「……で、御影さんのとこ、どうだった？」

手拭いの婦人が興味深げに雫を覗き込んだ。

「そこから聞くのかい」

突っ込みながらも、もんぺの婦人も興味津々のようだ。

「門前払いでしたから、お屋敷には入っていません。しかし、奥方は随分と綺麗な方ですね」

「まあね、ご当主の源三さんは、そりゃあ面食いだからね」

「奥方の庸子さんは、両国の米問屋の娘らしいけど、輿入れの前にも色々噂があったからねえ」

ご婦人がたは顔を見合わせニヤニヤしている。

「だけどさ……」

手拭いの婦人が沢庵を齧りながら零に目を向けた。

「御影さんとこがおかしくなったのは、庸子さんが嫁に来てからだよ」

「滅多な事を言うモンじゃないよ」

褞袍の婦人がシッと指を立てて、御影家のある方角に目を遣る。

「御影さんとこに何かあったら、小作のうちらは食ってけねえ」

「そりゃそうだけどさ……」

手拭いの婦人は声を低くした。

「あのお宅、普通じゃないよ」

◇

「これはその時のお土産です」

香ばしく焼かれた干し芋を載せた皿がテーブルに置かれる。すかさず手を出したハルアキが、アチチと耳たぶを摘まんだ。

「御影さんのお家事情を聞くのは簡単でした。私は白湯を飲んで話に耳を傾けていただけです」

　そう言いながら、零は薬缶の湯をティーポットに注ぐ。

「先にご家族を紹介しましょう。まず、ご当主の御影源三さん。ご結婚の少し前に先代を亡くし、事業を引き継ぎました。地主の他にも、色々と商売をされているようです」

　そしてカップに紅茶を注ぎ、桜子の前に置く。

「その源三さんのところへ、十八年前に嫁いだのが庸子さん。商売上の関係の深い、米問屋の娘さんです。老舗の大店で、花嫁行列は、街道を埋め尽くすほどの嫁入り道具に、専属の女中も従えて、そりゃあ豪勢だったそうです」

「老媼の茶話じゃ。話半分に聞くのじゃな」

　ようやく冷めた干し芋に、ハルアキはかぶり付く。

「田舎の嫁入りを甘く見ちゃいけないわ」

　桜子は眉根を寄せた。相手も決まっていないのに、座敷を埋めていく嫁入り道具。それらに釣り合う婿を選べという両親の圧力。その窮屈さといったら……。

　気分を変えようと、桜子は紅茶を口にし——すぐテーブルに戻した。

「桜子さんの仰る通り。大事な一人娘の嫁入りですからね。しかしまあ、ここまではよくある話です。そして、弥生さんですが……」

「嫁入りの時には、もう腹にいたのさ」

もんぺの婦人がニヤリと干し柿を手に取った。

「源三さん、女たらしとは聞いてたけど、まさか許嫁にまで手を出してたとはねえ」

「その前にも、カフェーの女給に入れ上げたとか、浮いた噂は絶えなかったけどさ」

「そりゃあ、先代の忌中も喪中も待ってられなかったろうよ」

手拭いの婦人が零に干し芋を勧める。

「でもさ、それからだよ、おかしくなったのは」

「具体的には、どうおかしいんで？」

零が尋ねると、ご婦人がたが代わる代わる答えた。

「屋敷に入れてくれなくなったのさ」

「祭りに使う人形やら道具やらが、御影さんとこの蔵に仕舞ってあるから、祭りの準備となりゃ、前は大旦那さんや使用人や、みんな総出で賑やかにやったモンさ」

「ところがさ、庸子さんが来てから、誰も屋敷に入れてくれやしない」

「そりゃあ、気まずいってのはあったろうよ。道で会っても、顔を合わせもしないし」

零は干し芋を味わいながら眉根を寄せた。

……多少時期は違ったにしろ、嫁いでから生まれた子である。そこまで人目を避けなければならない理由になるのだろうか？

「そんなんだからさ、祭りがやれないいんだよ」

膏薬の婦人が暗い表情で囲炉裏を掻き回す。

「大旦那さんの喪中は分かるよ。けれど、自分は祝言(しゅうげん)をやってンだ。なのに、村祭りは何年もやらないとは、納得いかないいね」

「準備は村のモンでやるから、蔵にだけでも入れてくれって、みんなで頭を下げに行っても、門前払いさ」

ご婦人がたは口々に不満を漏らす。

すると蜜柑を手に、もんぺの婦人が呟いた。

「……祟りだよ」

足の裏を囲炉裏に当てながら、零に意味深な視線を送る。

「弥生ちゃんの事は、竜神様の祟りだよ」

◇

「……で、弥生さんの浪費癖の話に入ります」

テーブルには、干し柿や蜜柑が並んでいる。これもお土産だろう。

ヘタを摘まんで干し柿にかぶり付きながら、桜子は零の話に耳を傾ける。

「ご婦人がたも、弥生さんの衣装への異常な執着はご存知でした。狭い田舎、しかも必然的に注目されるお宅ですし」

「だから田舎は嫌なのよ。隠し事のひとつもできやしない」

するとハルアキがジロリと桜子を見た。

「そなたは田舎に居た方が良い」

「は？　どういう意味よ」

「あなたはこれでも食べていてください」

零に蜜柑を押し付けられ、ハルアキは口を尖らせ皮に爪を立てた。

「やはり、その散財っぷりは、ご本人が仰っていた以上のものでした」

ティーカップを手に、零は続けた。

「物心ついた頃から、衣装へのこだわりは相当なもので、仕立て屋を呼び寄せるのは日常茶飯事。それでも可愛い娘さんの事ですし、ご両親は我儘を聞いていたそうです。ところが……」

◇

「弥生ちゃん、商売の金に手を出してね。源三さんの代になってから、先代のようには上手くいってなかったみたいなんだけどね……」

白湯を啜って、縕袍の婦人が言った。

「弥生ちゃんがその金を使い込んで、商売は一気に傾いたのさ」

手拭いの婦人が、薬缶から立つ湯気に手を当てる。

「使用人に暇を出し、牛や馬を手放して、終いにゃ田畑を売り払う始末だよ」

「少しでも金のある小作は、その機に上手い事やったようだけど」

「後の連中は、村を出て工場へ働きに行ったりして、散々だったよ」

「で、残ったのは、うちらみたいな、どうしようもない貧乏農家だけって訳さ」

さすがのご婦人連中も、これには重い溜息しか出ないようだ。

しみじみと頷いて、零は話を促した。

「それは大変でしたね……。それで、弥生さんは……？」

「変わりゃしないよ。祟りってのも、信じたくなるくらいさ」

膏薬の婦人が吐き捨てたのをきっかけに、ご婦人がたがヒソヒソと囁き合う。

「でもさ、そこまで落ちぶれても、蔵だけは手付かずだって話だよ」

「あの蔵には何があるんだろうね、まったく」

確かに、気味の悪い話である。

「お祭りに使う浄瑠璃人形も、蔵にあるんですよね」

「そのはずさ」

「人形が無事でいてくれるといいけど」

「どんな人形なんですか？　お祭りの内容も気になりますね」

すると、ご婦人がたの表情がパッと明るくなった。やはり、祭りは村の誇りなのだろう。

「あんたが見てた竜神様から村の神社まで、着飾った浄瑠璃人形を踊らせながら練り歩くんだよ」

「竜神様と黒姫様が結ばれる、花嫁行列なのさ」

「黒姫様？」

「黒沼に残る伝説にある、悲しいお姫様さ」

水の湧く沼というのは、とても貴重なものだ。そのため、昔話や伝承で親しみを持たせ、後世まで大切にしようとする例は、全国各地に存在する。黒姫伝説も、その類だろう。

「――昔、この辺りを治めていた領主様のところに、娘が生まれてね。ところが可哀想に、その子の肌は墨のように真っ黒だったんだよ」

食べるのに飽きたのか、褞袍（どてら）の婦人が縄をないながら語り出した。

「だから、どんなに着飾っても似合わない。いつも黒い着物を着て、誰にも姿を見せないよう、奥座敷で静かに暮らしていたんだ。だから、黒姫様さ」

「なるほど……」

「けどさ、領主様にしちゃあ、どんなに醜（みにく）い娘だろうが、年頃になりゃ嫁に出したいわな。だから、家来のところに嫁がせたんだよ。けれど、そいつが酷（ひど）い奴でね……」

手拭いの婦人が話を継ぐ。

「その家来、黒姫様を座敷牢に閉じ込めて、若い妾（めかけ）に現（うつつ）を抜かしたんだと」

「普通なら、領主様がカンカンになるところだ。だけど、醜い娘を貰ってくれただけで満足しなきゃならないと、見て見ぬふりをしたんだよ」

◇

「可哀想な黒姫様……」

桜子はハンカチで目元を押さえた。

「それで、どうなったんです？」

「境遇に耐えられなくなった黒姫は、屋敷の裏手の沼に身を投げたそうです」

「つまり、御影家の屋敷のある場所が、黒姫が嫁いだ先であったと」

零はハルアキに頷いた。

「本当に可哀想……。男たちに罰が当たればいいのに」

「はい。そうなりました」

「……え？」

「黒姫は、そんな境遇となろうとも夫を愛していた。最期までその思いを貫くため、入水の際、白無垢を着ていたそうです。それを見た沼の竜神が、黒姫を不憫に思った。そして、男たちに復讐をするのです」

伝承によると、大洪水が起き、村一帯が水浸しになったそうだ。

家も田畑も流され、大飢饉が発生した。その上疫病も流行し、領主も跡取りも病死。お家は取り潰しになったという。

それから、黒姫の魂を慰めるために、黒姫に見立てた浄瑠璃人形を豪華に着飾って、村の神社まで行列するようになった。それが祭りの起源とされている。

「——つまり、黒姫が竜神様と再婚するための花嫁行列という訳です。ですから、浄瑠璃人形の顔は、墨のように黒いそうです。……そして、人形に着せる衣装に、禁忌の色がありまして……」

零は白磁のカップを示す。

「——それが、白なんです。黒姫が入水の際に着ていた、白無垢の色です」

「花嫁行列というのに白を着せぬとは、変わっておるな」

「最初の辛い結婚を思い出させてしまうから、でしょうかね」

「黒姫様には今度こそ、幸せになってほしいわ」

桜子はくしゃくしゃのハンカチで、干し柿で汚れた口元を拭った。

「これじゃから女子は……」

ハルアキは桜子に蔑んだ目を向けた。

「黒姫の怨念とは即ち、人々の水に対する恐怖じゃ。自然という絶対的なものに対する畏怖じゃ。だからこそ、神という形にして、対話を試みるのじゃ」

「…………」

「斯様な伝承を残しておるところを見ると、何かあるのじゃろう。そのモノとの対話の手段である祭りを怠るとは……」

一体こいつは何者だと、桜子は唖然とハルアキを見た。

「ですが、庸子さんが輿入れしてからも、洪水は起こっていません。祭りでない他の方法で、黒姫は気持ちを慰めているんでしょうね」

「そうであろうな」

「……え、何？　どういう事？」

戸惑う桜子に、零は蜜柑を手渡した。

「そのうち分かります。……で、その翌日……」

## 【肆】対スルハ、彼ノ扉

御影家を訪れた翌日、犬神零は両国にいた。

林立する芝居小屋や大相撲の幟(のぼり)、その間を行き交う見物客や人力車。

その人混みを抜け、零は手近な茶店に入る。赤い前掛けの給仕を呼び止めて、団子を頼みつつ尋ねた。

「大隅米穀店(おおすみべいこくてん)を知りませんか？」

「さあ、知らないね」

「では、知ってる人はいませんか？　昔から両国で働いてる人とか」

「この辺りの店は入れ替わりが激しいからね。従業員もみんな余所者さ」

「そう、ですか……」

大隅米穀店とは、庸子の実家である。米を材料とする団子屋なら、取引があってもおかしくないと見当をつけたのだが、外れたようだ。

その後も零は、大隅米穀店の情報を求め、団子屋を巡ったが、財布が軽くなっただけだった。

そしてようやく腰を落ち着けたのは、国技館近くの寿司屋である。

手際良くコハダを握りながら、初老の店主は気風のいい口調で答えた。

「知ってるよ。ずっと世話になってたからね」

お待ち、と寿司下駄に置かれた握りを口に押し込み、零は尋ねた。

「今はどうされているんですか？」

「随分前に店を畳んだよ。旦那さんが亡くなってね」

「そう、なんですか……」

「あんな妙な噂が立っちまえば、商売にゃならねえ。旦那さん、すっかり体を壊しちまって」

「噂？」

しかし店主は、それ以上語ろうとはしなかった。

その後、零は店主から聞き出した、大隅米穀店があったという場所に向かった。

——だがそこは、小綺麗な料亭になっていた。今は準備中だろう、格子戸が閉まっている。

零はそこに背を向け、向かいの古めかしい煎餅屋の暖簾を潜った。

「御免ください」

「……いらっしゃい、何にする?」

奥から現れた熟年の婦人を見て、零は満面の笑みを浮かべる。

村のご婦人がた然り、この年代の女性は、零が必要としている情報を的確に喋ってくれる事が多いため、渡りに船なのだ。

大隅米穀店について尋ねると、女将は軒先の縁台に煎餅を載せた笊を置き、零と並んで腰を下ろした。

「大隅さんのとこが店を閉めてから、二十年くらいになるかねえ。長い付き合いだったんだけど」

女将は煎餅を手に取り、パリッと良い音を立てた。

「旦那さんが亡くなる前、妙な噂が立っていたとか」

「そこまで知ってンのかい。まあ、私ゃ庸子ちゃんが赤ん坊の頃から知ってるから、そんなはずないと思ってたけど。でも、内容が内容だから、食べ物を扱う問屋にとっちゃ、信用に関わってね。本当に可哀想だったよ」

「ほう……」

零は聞き役に徹する事にした。案の定、女将は続けた。

「嫁にやった途端、庸子ちゃんが伝染病で隔離療養所送りになったとなりゃ、旦那さんの心労も、そりゃあね……」

◇

「……ど、どういう事？」

桜子は蜜柑を食べる手を止めた。

「私にも、その意味が理解できませんでした、その時は。……それを知る鍵は、もう一人の人物にありましてね」

「庸子が輿入れに連れて来たという女中じゃな」

ハルアキの言葉に、零は頷いた。

「左様。御影家の商売が傾いてから、彼女もまた、雇い止めになったはずです。その女中を捜すのは困難を極めましてね。煎餅屋の女将さんから、お菊（きく）という名で、歳の頃は四十くらいとだけ聞きましたけど、それだけの情報で、この広い東京から捜し出すなど不可能に近い」

「何故余に聞かぬ。六壬式盤にて立ちどころに見付け出すものを」

「近頃、あなたの占いが当たった試しがありますか？」

「………」

ハルアキが黙り込むのを横目に、桜子は好奇心を抑え切れずに身を乗り出した。

「で、どうなったんです？」

「その結果が、こちらです」

零はニコリと大量の煎餅を差し出した。

――数日後。零は再び、煎餅屋の軒先に座っていた。

出された煎茶の香りを嗅ぎながら、彼は夕闇迫る両国の空を眺める。

「お菊ちゃん、見つかったかい？」

女将は煎餅の笊を置き、先日と同じように零の隣に腰掛ける。零が首を横に振ると、
彼女は通りを行き来する雑踏を眺めた。

「これだけ人がいるんだ。簡単な事じゃないだろうね」

「女将さんは、昔からここに？」

「ここに嫁いで、もう三十年になるよ」

「庸子さんは、どんな方だったんですか？」

すると女将は遠い目をして語りだした。

「いい子だったよ。丸々とした愛嬌のある子でね、お多福さんとうちの煎餅、どっちに似てるかって、よく笑ったものさ」

その言葉に、零は愕然とする。

「丸顔、だったんですか……？」

零は思い返した。御影家を訪れた際、対応に現れたのは細面の女。年月が経ったとはいえ、そうまで印象が変わるものだろうか？

「……で、お菊さんはどんな方で？」

「大人しい子だったよ。気立てが良くて、旦那さんにも可愛がられてね。歳も近かったから、庸子ちゃんの付き添いに選ばれたんだよ」

「たとえば、奉公人が暇を出されたら……」

「家に居場所がないから奉公に出たんだろうし、住み込みの仕事を探すだろうね。この辺じゃ、それなりの働き口はいくらでもあるし——そこの料亭とか」

提灯に灯が入り、屋号の入った暖簾が掛けられた。零はゾクッとした。

煎餅屋を後にした零は、料亭の小洒落た暖簾を潜る。

小ぢんまりした部屋に通され、若い仲居に注文を付けた。

「静かに呑みたいのです。四十くらいの無口な方に、お付き合い願いたいのですが」

「はぁ……」

仲居は不思議な顔をして下がり、しばらくして年増の仲居が酒膳を運んできた。

酌の支度をする仲居に、零は声を掛けた。

「――お菊さん、ですね？」

仲居は手を止めた。そして震える声で答えた。

「あの、どこかで……お会いしましたでしょうか？」

「いいえ、あなたを捜していたのです。あなたは庸子さんの事を忘れられなかったために、大隅米穀店のあったこの場所に、戻ったのではないですか？　彼女を知る誰かに、真実を伝えるために」

零の言葉を聞き、仲居――お菊は肩をわななかせた。そして畳に手をつき、頭を下げた。

「今は仕事中です。ご勘弁ください。しかし、必ず……必ず、全てをお話しいたします」

◇

「……それで、どうなったの？」

桜子が続きを促すが、零は静かに首を横に振る。

「残念ながら、今お話しできるのはここまでです。この先は、私の臆測にすぎませんから。お菊さんの証言を待ちましょう」

「何よ、この生殺し感」

桜子は口を尖らせた。

「……と、そこでですが、桜子さん。ひとつお手伝いをお願いしたいのですが」

「業務外ですか？」

「まぁ、そうなります」

桜子は零に横目を向けた。

「お手当、付けてもらえるんでしょうね？」

「もちろん」

零はにこやかに煎餅の袋を差し出した。

「今回は調査費がかさんでましてね」

「団子に寿司に料亭遊びじゃな」

ハルアキに皮肉を言われ、零の笑顔が引き攣った。

「ゴホン……とにかく、依頼料を頂いたら、きちんとお支払いしますから」

「で、何をすればいいんです？」

桜子が煎餅を受け取ると、零は事務机の風呂敷包みを示した。

「ちょっとした仮装です。朝から随分探しましたよ。明日の朝、早い時間に出掛けたいのですが……」

と天井を見上げる。

「桜子さんがうちに泊まってくだされば、始発で出られ……」

「嫌です」

零は首を竦めた。

「とにかく、明日、お願いします」


桜子が下宿に戻ったのは夕暮れ時だった。大家のシゲ乃が、いつものように窓辺で煙管を燻らせている。

「仕事はどうだったい？」

言われてみれば、随分と内容の濃い一日だった。桜子は思い返しながら、

「まあまあですね」

と、お裾分けに煎餅を手渡した。シゲ乃はニッとした。

「それは何より。……ところでさ、探偵さんなら、人捜しもしてくれるんだろうね？

実はさ、知り合いの息子が女を作って出て行っちまってさ……」

「あ……」

桜子はきっぱりと答えた。

「人捜しなら、他を当たった方が早いです」

――翌日。

桜子は零と並んで、三等車の座席で揺られていた。

車窓はすっかり昼の景色だ。所々積もる雪が眩(まぶ)しい。

「もうちょっと早く出たかったんですけどね……」

零がチクチクと嫌味を言ってくるので、桜子はカチンときて言い返した。

「だったら、あのガキンチョに頼めば良かったでしょ」

「いや……」

零は肩を竦めた。

「ハルアキを連れて来たら、恐ろしい事になりそうで……」

「なんで？」

「あ、いや、それは……」

口ごもる零の横顔に、桜子は苛立った。ハルアキの話になると、どうも歯切れが悪い。

——それに、そもそもこの男と並んでいる事自体が、桜子にとっては不愉快極まりないのだ。通りすがる人が皆、零の美貌(びぼう)に目を留めて、見劣りする桜子と見比べるからだ。

ただでさえ人目を引く容姿である。その上——

「なんでいつも、そんな目立つ格好をしてるんです？」

桜子は前を向いて視線を合わせないまま不満を口にした。

すると、零はあっさりと答える。

「目立ちすぎると、逆に人は避けるものです」

それを聞き、桜子は驚いた。確かに一理ある。でも、そうしてまで人との関わりを避けたい理由とは……。

聞いてはいけない事だったかもしれない。桜子は気まずくなって俯いた。

……すると、必然的に膝に置いた風呂敷包みが目に入る。仮装とは、一体何をする気なのか。


零と桜子は途中で駅弁を調達し、降りた駅から歩く。

寂しい田んぼ道をしばらく行くと、零は粗末な農家に入った。

軒で大根を干すおばさんが、彼の姿を見て声を掛けてくる。

「おや、いい人を紹介しに来たのかい？」

「はい、皆さんに是非紹介したくて」

「赤の他人です」

ぷいと顔を背ける桜子をよそに、手土産の駅弁を受け取ったおばさんは、ニヤニヤすぐさま、囲炉裏端に座談会の場が出来上がる。すると零が――

と連れを呼びに行った。

「着替えをお願いします」

と、桜子を隣室に促した。

風呂敷包みを解いた桜子は、その中身に顔をしかめる。

「何よ、これ……」

仕方なく袖を通すが……。白衣に緋袴の巫女装束。年齢的に、桜子には少々キツい。

どうにも気恥ずかしくて、居間に戻るのに一呼吸が必要だった。

「なんでこんな格好を……」

襖を開けた途端、桜子は文句を口にするが、視界に飛び込んできた光景を見て言葉を失った。

「桜子さん、お似合いですよ」

澄ました顔で白湯を啜るのは、狩衣に袴、黒い冠姿の男――神主の装束の零だ。

彼の存在があれば、桜子などオマケにしか見えない。

「お似合いですが、断髪が少々残念ですね」

零はそう言って立ち上がり、桜子に烏帽子を被せた。

「これでいい」

おばさん方の興味津々の視線も相まって、恥ずかしさの頂点に達した桜子は、不機嫌に顔を逸らした。

「これで何をする気なんです？」

「御影さんのところの蔵を、どうしても見たくなりましてね」

零の言葉に、おばさんたちはどよめいた。

「まじないを掛けに行くのです。蔵の扉が、パカーンと開くように」

御影家の門前に立つと、零が声を上げた。

「御免ください」

しばらくして潜り戸が細く開き、顔を出した年増美人が目を丸くした。

門の前に神主と巫女が並んで立っている事などまずないのだから、当然だ。

「先日お邪魔した古物商です」

言われて、年増美人——庸子はハッと息を呑んだ。

「実は、古物商の傍ら、祈祷師もやっております。古い物を扱う以上、憑き物にも対処しなければ、信用の置ける商売はできませんから」

「うちに用はございい……」

「先日から、どうにも気になっておりまして。……お宅から感じる、嫌な気配に」

「…………」

「お心当たりがおありなのですね？」

動揺を見せた庸子だったが、すぐさま失礼しますと戸を引いた。

その隙間に、零がすかさず沓を挟み入れる。

「本当によろしいので？」

零はニヤリと覗き込む。

「私の祈祷は、悪霊退治に効果絶大と評判ですよ」

まるで押し売りだと、桜子は呆れた。

だが庸子は、零を睨めつけながらも迷う様子を見せ、やがて――

「どうぞ」

と戸を開いた。


「誰にも言わないでください」

そうきつく念押しされて通された裏庭の、物置と井戸を通り過ぎた奥に、それはあった。

それを見て、桜子はゾゾッと総毛立った。

――無数の御札に貼り固められた、土蔵の扉。

様々な呪文が無造作に重なり、扉本来の色すら見えない。そこに錆びた南京錠が五つ、赤茶けた色を晒してぶら下がっている。

母屋との渡り廊下を通り抜ける風が、ザワザワと色褪せた紙片の群れを揺らす。その異様な光景が、土蔵の白いなまこ壁をも暗澹とした色に染め上げていた。

「……これは結構なものですね……」

さすがの零も、息を呑んでその様子を眺めている。

「早くしてくださいませんか」

庸子が無表情に急かした。

零は重々しい足取りで蔵の前に立つ。そして後に従う桜子に一枚の紙切れを渡した。

「これを持っていてください。もし私に何かあったら、額に押し付けるのです。いいですね？」

あまりに神妙な顔で言うから、桜子は素直に受け取ったのだが、一瞬後には焦っていた。

——変な呪文が書かれた御札。これを使うような「何か」とは、どういう事か。

そんな桜子に背を向けて、零は大幣を掲げて祝詞を唱えだした。

その所作が大袈裟で滑稽なので、はじめは緊張で神妙にしていた桜子だったが、すぐに下を向いて唇を噛み、噴き出すのを堪えようとした。

だから、零がハッと振り向くのに気付かなかった。

「桜子さん！」

叫び声に顔を上げると、鋭い旋風に巻き込まれていた。刃のような寒風が頬を裂く。

「痛ッ！」

——鎌鼬だわ！

桜子は身を引く。ところが、その足に風が絡み付いた。

「キャッ！」

風に足を取られ、後ろに倒れる。その拍子（ひょうし）に、手から御札が離れ、旋風で散り散りに切り刻まれた。

背中から地面に落ち、後頭部に衝撃が走る。目の前が暗くなる。

最後に見えたのは、焦った表情で叫ぶ零だ。声は聞こえない。

……けれど、彼の前にいる、これは、何……？

そんな疑問とともに、桜子の意識は闇に落ちた。

――零は慌てた。全くの想定外だ。この場に『妖』はいないはず……だった。

しかし、確実に分かる事はひとつ。このままでは、意識を失った桜子が妖に乗っ取られてしまう。

零は叫んだ。

「庸子さん、早く屋敷へ！」

あまりの剣幕に、尋常ならざるものを感じたのだろう、庸子は小走りに裏庭を後にした。

零は桜子に牙を向けようとする「それ」に向かって呪符の束を投げた。通常の御札とは違う。もっと禍々しい力を封じた、妖に対抗するものだ。

しかしそれらは、風の刃の前にたちまち紙吹雪と化した。

「桜子さんを狙うとは、卑劣な！」

零はそれと対峙するが、ある事に気付いて血の気が引いた。

――着替えたのだ、桜子も、自分も。

その際に、煙草入れを置いてきた。神主の装束に煙草入れは似合わない、そんな単純な理由からだが、そのおかげで妖の存在を予知できなかった。

そして、相棒である犬神・小丸。彼を封じた根付までもが、今手元にない。油断というより他にない大失態だ。

桜子も同じく。肌身離さぬようにと渡した、神田明神の御守袋。あの中身は、妖を寄せ付けない結界の効果のある呪符である。着替えた拍子に置き忘れたと考えた方がいいだろう。

「クッ――！」

歯軋りしても時は戻らない。今あるもので、対抗策を考えねばならない。

零は妖の注意を自分に引き付けるため、大幣やら冠やらを、手当り次第に投げ付けた。一瞬で切り刻まれるのは織り込み済みだ。

その一瞬で、零は地を蹴った。風の刃の隙を読み、妖の懐に入る。そして――

「頼みますよ、太乙様――!」

帯に差した漆黒の鞘から短刀を抜き放つ。

……だがそれは、鈍い銀色の冴えない姿を晒した。

「………」

零は唇を噛んだ。

『陰の太刀』――零はそう呼んでいる。

それは、斬るべき対象の形を見極めなければ、本来の姿を現さない。

分かってはいた。零には未だ、この妖の形が見えていない。

風の切先が、囲い込むように零に襲いかかる。

「――――!」

頬で、首で、腕で、脚で、血飛沫が弾ける。

地面に転がった零は、痛みに顔を歪めながら身を起こした。

「……さて、どうする?」

妖は桜子に向かう。桜子を乗っ取られれば、今の零には、手も足も出せない。それだけは、何としても避けなければならない。

しかし、小丸もいない上、太刀も抜けないとなると、零に残された手段は、あとひとつ……。

懐を探る。硬く冷たいものが手に触れた。

零は息を吐く。

――妖への対抗手段がない中でこれを使えば、相討ちになるのは必至。

「むしろ、そうなった時のあの方の顔を見てみたいものですね」

零はそれを取り出した。

――『陽の鏡』。掌ほどの丸い白銅鏡が、紐で首にぶら下がっている。磨かれた鏡面と、裏には、太陰太極図。この鏡の向こうには、この世とあの世の境目、『太乙の領域』が拡がっている。その中に墜とされた者は、ただ一人しか戻れない。

……零に妖を屈服させる力がなければ、共に墜ち、鏡を閉じるより他に、道はない。

旋風の触手が桜子に伸びる。零はその隙間に飛び込んだ。

「ここでおまえと心中とは本望ではないが、仕方がない」

鏡面が旋風に触れる。すると鏡面が鋭い光を放ち、妖を呑み込むように拡がっていく。

あとは、鏡の内の世界に身を委ねるのみ。

――その刹那。

突風が奔った。それは稲妻の如く妖を貫く。その衝撃で、旋風は四散した。

鏡の光が収束し、鏡面へ消える。零が事態を呑み込むのに時間はかからなかった。

——あれは、式神『白虎』。

四神の一柱で、西の方角を司る神獣だ。白き風の化身は、稲妻の速さを誇る。

式神は、常人には見えない。しかも四神とあれば、使役できる者は限られる。

——零が知る限り、それはこの世にただ一人。

鏡を懐に収め、零は母屋の屋根を振り返った。

そこには、癖のある髪をキャスケット帽で隠し、ヨレヨレの上着を羽織った少年が、ニッカポッカに包まれた片膝を立てて座っていた。

少年は冷たい目で零を見下ろした。

「たわけが、未熟者」

## 【伍】 扉、開ク時

「なぜここが分かったのです？　ハルアキ様」

零が問うと、ハルアキは蔑んだ目で見下ろした。

「尾けられていたのにも気付かぬとは、それでも探偵か」

「変化されていては無理ですよ」

零は笑って誤魔化すが、ハルアキは険しい顔を返した。

「己の愚を認めねば、命がいくつあろうと足りぬぞ。斯様な所で命を捨てて、真実に潜む『鬼』を、誰が退治する」

全くの正論だ。零は肩を竦めた。

「はい、助けていただきありがとうございます」

「それからじゃ」

ハルアキは目を細めた。

「――その鏡、いつから持っている」

心臓にズキンと楔を打たれた気がした。

零が答えに窮していると、ハルアキは同じ問いを繰り返した。

「その鏡、いつから持っている」

零は唇を噛んだ。ハルアキは、これの正体に気付いたのか。

ハルアキが鏡の正体を知ったと認める事は、彼の存在を、太乙の前に示す事でもある。

そうなれば、あの世とこの世の秩序の番人が、ハルアキの存在を許すはずがない。

「あなたがそれを知れば、私はあなたに、鏡を向けねばなりません」

零はハルアキを見上げた。ハルアキは細い目で、じっとその視線を受けていたが、やがて――

「今はその時ではない」

と立ち上がった。

「ところで、如何にしてその扉を開ける魂胆だったのじゃ？」

「私が妖に憑依されたフリをして、扉を開ける気になっていただこうと思ったんですがね。まさか、本当に妖がいるとは思いませんでした」

「浅はかな。妖の正体とは、あの世のものとは限らぬぞ」

その言葉は、零の脳裏のパズルの最後の一片を、鮮明に組み立てるに足りるものだった。

――妖の形がこの世のものならば、陰の太刀が抜けなかったのにも納得がいく。

「……なるほど。全て繋がりました」

「とにかくじゃ」

ハルアキはニッカポッカのポケットから、人形――式札を取り出した。

「憑依されておったら、この女子ごと真っ二つにせねばならぬところじゃった。この女子を付き添わせるのは危険すぎる。早う郷へ帰せ」

ハルアキの手から離れた式札は、ひらひらと宙を舞う。

「それが一番でしょうがね。私が雇わなければ、彼女は他の仕事を探していたでしょう。そうなれば、もっと酷い目に遭うのは確実です。……もう少し、もう少しだけ、彼女を見ていたいのです」

「物好きにも程がある」

式札はゆらゆらと揺れながら、眠る桜子の真上に落ちていく。

「——天后。そやつを起こせ。風邪を引かれてはたまらぬ」

すると式札は燃え上がり、水の羽衣を纏った天女が姿を現した。

天后は桜子の上で、羽衣を揺らしてひらりと舞う。すると、桜子が「ン……」と頭を揺らした。

「先の妖は追い払っただけじゃ。後は何とか致せ」

ハルアキはくるりと背を向けると、瞬時に鴉に姿を変えた。同時に天后も煙と消える。

鴉が藪の向こうに消え去った頃、桜子は目を開いた。

◇

「……大丈夫ですか、桜子さん」

身を起こすと、間近に零の顔があって、桜子は仰け反った。

「な、何ですか！」

「ご無事そうですね。本当に良かった」

桜子は、一体何が良かったのか、と零を睨みつつ、周囲を見渡して――困惑した。

なぜこんなところで寝ていたのか？　それに、零の装束がボロボロに破れているのも不可解だ。

「蔵のお祓いをしている最中に急に貧血で倒れたので、心配しましたよ。ちゃんと栄養の付くものを食べていますか？」

そう言われて、桜子は目を伏せた。金欠だから、食費は絞っているし、昨晩は煎餅で済ませた。

「今度、お詫びに鰻でも奢りますよ」

「お詫び？」

「あ、いや、何でもないです」

キョトンとする桜子に零は手を貸し、立ち上がらせようとするが――

「痛ッ……」

頭がズキズキして、桜子はふらついた。後頭部を触ってみると、大きなタンコブができている。

「それは大変。あまり動かない方がいい」

そう言って零は、桜子に背中を向けた。おんぶの格好だ。

さすがにそれは……と、桜子は躊躇する。

「いや、大丈夫ですから」

「良くないですよ、さあ」

「あなたたち、何なんですか！」

怒りに震える声が飛ぶ。顔を上げると、屋敷の角で、庸子が般若の形相を向けていた。

「申し訳ありません。少々予想外の事が……」

零の言葉を遮り、庸子が怒鳴り付ける。

「出て行ってください！」

「しかし、このままでは……」

「出て行って！」

その剣幕に、説得は困難だと零は悟ったようだ。

「行きますよ」

と桜子を背中に負ぶさるように促した。

この状況でもたもたしている訳にはいかない。桜子は意を決して、零の背中に身を預けた。頬が紅潮するのは、抑えようがない。

零は立ち上がって門に向かう。そして廂子の傍らを通り過ぎる際、彼は告げた。

「必ず、決着を付けに参ります」


先程の農家の前で、四つの影がこちらを見ていた。桜子は零の背中に顔を隠した。

「どうしたんだい、その子は？」

「頭を打ってしまいまして。申し訳ありませんが、少し休ませていただけませんか？」

零が婦人たちにそう告げると、囲炉裏端に莫蓙が敷かれ、桜子はそこに寝かされた。

彼女の頭に濡れ手拭いが当てられる。

「あの、もう大丈夫ですから……」

桜子は起き上がろうとするが——

「寝てなきゃ駄目だって。それに、頬っぺたを怪我してるじゃないかい。嫁入り前の娘の顔に、傷が残ったらどうするつもりだい」

と、膏薬の婦人が何かを頬に塗った。

「良く効く軟膏だよ。これで大丈夫」

ニコリと微笑むその顔に、桜子の目頭が熱くなる。

窓の外はいつしか薄紅に染まり、木立が黒々と影を落としている。いつもの格好に着替えた零は、それを眺めて頭を掻いた。

「困りましたね。桜子さんはここで帰ってもらうはずだったんですが……」

「夜の一人歩きはやめときな。それに、こんな風じゃとても帰せないよ」

家主の婦人が褞袍（どてら）を羽織り、囲炉裏に鍋を掛けた。

「泊まっていけばいいさ。大したもてなしはできないけどさ」

「ありがとう、ございます……」

弱った時の気遣いほど、心に響くものはない。桜子は潤（うる）んだ目を悟られぬよう横になった。

「でさ、御影さんとこはどうだったんだよ？」

手拭いの婦人が、零の前に湯呑みを置いた。零は澄まして答える。

「今晩、扉は開きます。……全ての秘密が隠されている、あの蔵の扉が」

一同は、水を打ったように静まり返った。鍋がグツグツと煮える音だけが響く。

しばらくして、褞袍（どてら）の婦人が鍋を混ぜた。それ以上の話をするのは憚（はばか）られたのだろう、他の婦人たちが茶碗を運んだ。

「とりあえず、腹ごしらえといこうかい」

風が強くなり、粗末な雨戸をガタガタと揺らす。

熱々の雑炊とヤマメの干物、漬物に駅弁。囲炉裏を囲んでの食事風景だ。桜子も起き上がり、茶碗を手に話の輪に入っていた。

そんな時、戸を叩く音がした。

気付いた褞袍(どてら)の婦人が、ハイハイと返事をしながら戸を開けに行く。

「おやまあ」

彼女の声を聞き、一同がそちらに注目する。

――そこには、婦人誌から切り取ったような美女が立っていた。

御影弥生。桜子は察した。白銀の毛皮のコートに、目が覚めるような色のスカートという出立ち。

だがアイシャドウを引いた目には、涙が溜まっていた。

「こっちに入りな」

褞袍(どてら)の婦人に促され、御影弥生は囲炉裏端に正座した。外巻きに結い上げた黒髪、細いうなじ、姿勢良く佇むその美しさは、桜子に溜息を吐かせた。

しかし、彼女の表情は強張(こわば)っていた。潤んだ目でキッと雫を睨み、彼女は声を震わせる。

「あなた、何をしたの？　帰ってみれば、母は半狂乱だし、父は一言も喋らない。何があったの？　これから何が起きるの？　……私、怖いわ……」

溢(あふ)れた涙が、スカートを握った手を濡らす。

犬神零は静かに湯呑みを置いた。

「覚悟なさったはずです。何が起ころうとも、運命を受け入れると。たとえあなたの所為ではなくとも、業からは、逃れる事はできないのです」

弥生は両手で顔を覆い、肩を震わせる。皆口を閉ざし、彼女の気が済むまで待つ。

やがて弥生は、泣き腫らした顔を上げた。

「……私は、何をすればいいの？」

「今晩、扉は開きます。その中身を、ご自分の目で確かめてください」

桜子には、その言葉が酷く冷たく感じられた。こんなに傷付き、途方に暮れているお嬢さんに、もっと優しい言い方はできないのだろうか。

しかし、ご婦人がたは神妙に黙っている。抗議をするのも憚られ、桜子は代わりにヤマメに齧り付いた。

◇

——夜更け。

雑炊の鍋も空になり、白菜漬けとヤマメを肴に白湯を飲む一同の会話の種は尽きない。

桜子も、ヤマメ片手に故郷の話に花を咲かせている。

弥生も自ら話に入る事はないが、その表情は随分と和らいでおり、零は安堵した。

弥生が来てからというもの、桜子にずっと睨まれていたので、零はどうなる事かと思っていた。

風が戸を叩く。そろそろ頃合いだろう。

零は帯の煙草入れを確認する。昼間、これを持ってさえいれば、桜子を危険な目に遭わせる事も、ここで一晩厄介になる事もなかったのだ。

彼は立ち上がり、トンビコートを羽織った。

「そろそろ行きますよ、弥生さん」

「……はい」

それから零は、立ち上がりかけた桜子を制した。

「桜子さんは待機です」

「えーっ、そんなぁ」

膨(ふく)れっ面(つら)の桜子に、零は一語一語言葉を切って、執拗(しつこ)いほどの口調で伝えた。

「絶対に、この家から出てはいけません。絶対に、ですよ」

「分かりましたよっ」

桜子は不貞腐(ふてくさ)れた顔で座り直す。零は付け加えた。

「御守りは必ず持っているんですよ、いいですね？」

「分かったってば。子供みたいに言わないで」

「やれやれ……」

往々にして、憑依体質の者は自覚がない事が多い。憑依されている間は妖に意識を乗っ取られるため、その前後の記憶が抜け落ちるからだ。それは本人にとっては、不幸中の幸いに違いないのだが……。

一抹（いちまつ）の不安を抱えながらも、零は弥生を伴（ともな）って、御影家へと向かった。


白い月が農道を寒々しく染めている。そこを行くふたつの影を、風が揺らす。

御影家の門は開いていた。先程、弥生が出てきた時に開けたままにしたのだろう。

そろりと中に入る。母屋に明かりはない。しかし、耳を澄ませば、パチパチという音が異変を知らせていた。

――裏庭の方だ。

零と弥生は顔を見合わせ、駆け出した。母屋を回り、物置小屋と井戸を通り過ぎた先で、ふたつの人影を炎が浮かび上がらせていた。

「お父さん、お母さん、何をしているの！」

弥生の声が飛ぶ。人影はハッと動きを止めた。だが、蔵を囲った薪で爆（は）ぜる炎は風に煽られ、その勢いを増していく。零はトンビコートを脱いで火元に走った。

「弥生さん、水を！　井戸の水を！」

叫びながら、トンビコートを炎に叩き付ける。

「うわあああ‼」

その背中に、弥生の父——源三が手にした匕首が向けられる。零はくるりとそれを躱し、その手首を掴んで捻り上げた。

「あっ！」

源三の手から匕首が落ち、捻じれた体は、背中から地面に転がった。

零の怒声が飛ぶ。

「土蔵はそう簡単に燃えませんよ。それより、藪に火が移ったら大変です！」

弥生が桶の水を炎に浴びせる。

「手伝って、お母さん！　早く！」

呆然としていた庸子は、弾かれたように井戸へと走った。

零が薪を蹴って崩し、トンビコートで叩いて炎を鎮める。弥生と庸子が水を運び、それを受け取った源三が撒く。

……そして汗だくになった頃、ようやく火は鎮火した。

その後には、鉛のように重い沈黙が残された。源三は項垂れて膝をつき、庸子はヘナヘナと座り込み、弥生は桶を手に呆然としている。

藪を抜ける風だけが、ざわざわと音を立てていた。

零は匕首を拾い上げて帯に挟むと、三人を振り返る。

「あなたがたが今晩、蔵に対して行動を起こすよう、仕向けたのは私です。ですが、まさか火をつけるとは。火つけは重罪ですよ」

項垂れる両親に、弥生が声を掛けた。

「お父さん、お母さん、私、知りたいの。この蔵で何があったのか、この中に、何があるのか」

源三の手が動いた。冷たい音を響かせて、鍵束が弥生に示される。

「好きにしなさい」

弥生がそれを受け取ると、その手を庸子の両手が覆った。

「これは、お父さんとお母さんの罪なのよ。あなたには関係ない。私が開けるわ」

「関係なくなんかない。私の運命は、私が切り拓くの。お願い、やらせて」

弥生は庸子の手を解き、扉の前に進んだ。

最後の足掻きとばかりに、煤けた御札がささくれ立った棘のように風に揺れる。

零は煙管に火をつけた。燻らす煙の流れで、妖の存在を感知する。

この儀式さえ行えば、昼間、鎌鼬に遭わずに済んだのだ。

月の光の中を漂う煙に反応はない。あの妖も、覚悟を決めた弥生の前には無力なのだろう。

弥生が鍵を鍵穴に挿す。カチリと冷たい音がして、錠前はその縛めを解いた。

ひとつ、ふたつ、三つ、四つ……。

五つ目の錠前を手に、弥生は振り返った。

「開いたわ」

「問題ありません。どうぞ開けてください」

零が告げると、弥生はひとつ呼吸をし、扉に手を掛けた。

御札がバリバリと剥がれ落ち、ギギギと蝶番が軋む。扉がゆっくりと手前に動く。

——その時。

細く開いた扉の隙間から何かが飛び出した。

「キャアッ！」

弥生がよろめく。庸子が駆け寄り、娘の肩を支えた。

蔵から飛び出したそれは、弥生の足元をすり抜けて、源三と零の間をタタッと走る。

そして、庭木を足場に塀を飛び越えて、藪の向こうに消えた。

——白茶けた毛皮が一瞬、月の光に晒される。

「……狸？」

庸子が裏返った声を上げた。

「左様。あれが、二十年近く、あなたがたが恐れていたモノの正体です」

零は灰を捨てて煙管を煙草入れに納めた。

「…………」

一同は声も出せずに、狸が消えた藪を眺めている。

「沼の方から蔵を見た時に、違和感がありました。よく見ると、窓扉が少し開いていたのですがね。そこから狸が入り込んだのでしょう。狸が住み着いていれば、夜中に物音くらいします。あなたがたは、ありもしない怪異を恐れ、勝手に追い詰められていたんですよ」

驚愕の視線が零に集まる。彼は三人の表情を見返しながら続けた。

「――問題は、何を怪異の原因として恐れ、葬ろうとしたのか。そして、なぜ、窓扉が開いていたのか。その真実を弥生さんに伝えるのは、源三さんですか、庸子さんですか……それとも、お菊さんですか？」

その名にギクリと顔を上げた源三と庸子は、零の視線を辿り、母屋の角に目を向けた。そこに佇む女中――お菊は、深々と頭を下げた。

「若旦那様……絹さん、お久しゅうございます」

「あなた、誰？　絹って、誰なの？」

弥生が戸惑う。その肩を抱き、庸子は言った。

「私が、話すわ」

――二十年ほど前。

銀座のカフェーにとある客がやってきた。身なりが良く、柔和な雰囲気のその若者は、絹という名の女給を見初めた。

絹もまた、その若者の優しさに惹かれ、二人はたちまち恋に落ちた。

……ところが。

若者には、商売上の関係から父に決められた許嫁がおり、挙式は間近に迫っていた。

しかし、絹の身に、新たな命が宿った……。

若者は父親に相談したものの、激昂した父はそのまま倒れ――帰らぬ人となった。

若者は絹に話した。父の死で許嫁の実家との商売上の重要性が増し、断れば家業の存続に関わると。路頭に迷っては、絹のお腹の子を育てる事ができない。

しかし、絹を愛している。お腹の我が子も愛おしい。別れたくない。

途方に暮れて涙を流す若者に、絹はそっと寄り添った。

絹もまた、若者を心の底から愛していた。それ以上に、お腹の子を守りたいと思った。

　しかし、身寄りのない絹に、女手ひとつで育てられるほどの力はない。愛人になりたいと、絹は願った。

　だが、若者にその選択はできなかった。不義が許嫁の実家に知れれば、婚約は破棄となる。

　そこで絹は、若者に悪魔の計画を囁いた。


「――花嫁と入れ替わったのです。若者は予定通りに祝言を上げ、その後花嫁を、蔵に隠しました」

　張り詰めた空気が痛いほど肌を刺す。生気のない顔の庸子が、細い声で淡々と語っていく。

「花嫁は、白塗りに綿帽子（わたぼうし）で顔を隠しますから。馴染（なじ）みのない土地に嫁いだので、誰も気付きませんでした。家内から漏れないよう、使用人には固く口止めをして、屋敷に誰も入れないようにしました。絹は名を変え、外の人と関わらないよう、ひっそりと生きました」

「そして花嫁のご実家には、花嫁が隔離療養所に入ったと知らせた。そう言われれば、もう二度と娘に会えない事を、先方は納得されたでしょうから」

零の言葉に、庸子はコクリと頷いた。

「この嘘のおかげで、大事な商売相手だった花嫁の実家は、店を閉める事になってしまいました。そして影響は若者の家業にも及びました。その上、使用人を減らす時には口止め料を渡さねばならず、火の車です。……でも絹は、若者と一緒に暮らせるだけで幸せでした」


——ところが。

その幸せが破綻する時がやって来た。

無事に赤ん坊が生まれ、慣れない世話に四苦八苦していた頃。

花嫁に付き添って来た専属の女中が告げた言葉に、二人は血の気を失った。

「——花嫁が、蔵に仕舞ってあった祭儀用の刀で、首を突いて死んだと」

庸子の目が、月の光を映して揺れる。

「絹は、自分の事だけに一生懸命で、花嫁の事を忘れかけていたのです。絹は若者と相談をしました。そして、蔵を封印する事にしたのです」

頬を伝う涙を拭いもせず、庸子は続ける。

「まさか、狸が住み着いてるなんて知りもせずに、夜が来る度に聞こえる物音に怯えながら、十八年も、身の縮む思いをして暮らしてきたなんて。滑稽だわ」

「実に滑稽です。罪のない人を苦しみの末に死に追いやり、その人に関わる人全てを路頭に迷わせた。自らの首を絞めるとも知らずに」

　零は氷よりも冷たい視線を庸子に投げる。

「その上、自分たちの罪から目を背けるように子供を溺愛し、甘やかした。自業自得です」

「はい、仰る通りです。どうやって償えばいいのでしょう、私たちは」

　そう言って、庸子は弥生に向き直った。

　弥生の瞳からは止めどなく涙が溢れ、肩に置いた庸子の手を震わせた。

「もう分かったでしょう？　――絹は私、若者はあなたのお父さん、そして、赤ん坊は……弥生、あなたよ」

　弥生は膝から崩れ落ち、言葉もなく咽び泣く。庸子はその体を抱き締めた。

「ごめんなさい、本当に、ごめんなさい……」

　源三は顔を伏せたまま動かない。その様子を一瞥してから、零は視線をお菊に向けた。

「絹さんの話だけでは、解明できない謎が残ります。なぜ、蔵の窓は開いていたのか……説明してもらえますね？」

お菊は微動だにせず言葉を発した。

「はい、お話しします」


——お菊の生家は貧しく、幼い頃に大隅米穀店に奉公に出された。

大隅家には歳が近い娘がおり、自然と相手をするようになった。

娘の名は、庸子。お世辞にも器量が良いとは言えないが、気さくで愛嬌があり、誰からも好かれる娘だった。お菊の事も、立場の違いを超えて友のように親しみを持って接した。

だから、庸子の結婚が決まり、輿入れにお菊が付き従う事になったのは、自然な流れだった。

「お父様が選んだ人だから、どんな人かと心配だったけど、優しい方で良かったわ」

庸子は頬を染めた。心底惚れているのだろう。その笑顔は、お菊をも幸せにした。

……ところが。

祝言が終わるとすぐさま、庸子は蔵に閉じ込められた。

事情を知ったお菊は、庸子に告げた。

「私が逃げ出して、旦那様にお伝えしてまいります。庸子様はご実家にお戻りくださ い」

しかし、庸子は首を横に振った。

「そんな事をしたら、源三さんが困るわ」

庸子の寂しげな顔を見て、お菊は察した。たとえその身を、その心を犠牲にしてでも、源三に尽くすつもりだと。庸子は器量の良い方ではない。この機を逃せば、再び源三ほどの男と結ばれる事は望めまい。人生を懸けた本気の恋を貫く覚悟なのだと。

これまでも、庸子がその容貌を苦にしてきたのを、お菊は知っていた。「器量が良くないいんだから、せめて笑顔でいないと」と、いつも自分を殺して、周りの都合の良いように振る舞ってきた事も。

そして今も、絶望した自分を殺して、源三にとって都合の良い女になろうとしている。

お菊はそれが耐えられなかった。

「こんな事、見ていられません。どうか、旦那様に……」

「恥をかかせないで！」

お菊はその時初めて、激昂する庸子を見た。しかしすぐに、庸子は穏やかな笑顔に戻った。

「私はここがいいの。お願い」

お菊は決意した。何があっても、庸子を支えていこうと。

彼女は毎日、懸命に庸子の世話をした。食事を運び、身の回りの事をし、話し相手になった。

庸子は真っ暗な蔵で日々を過ごした。誰にも姿を見られてはならないからだ。

しかしどうにも気分が沈む時は、格子の嵌(はま)った小窓を細く開けて、外を眺める時もあった。庸子は眩しそうに目を細めて、木漏れ日をキラキラと映す沼の水面を見ていた。

そんなある時、蔵に仕舞われた荷物の中に、浄瑠璃人形を見付けた。

「この人形はなぜこんなに顔が黒いの？」

お菊は他の使用人から人形の由来を聞き、庸子に話した。

「黒姫様、か……。私と同じね」

それから庸子は、黒い浄瑠璃人形に語り掛けるようになった。


——そんな日々が半年ほど過ぎた頃。

屋敷に、赤ん坊の泣き声が響き渡った。

その日から、庸子は目に見えて気を落とした。

いつか源三が振り向いてくれる日が来るかもしれないと、心のどこかで信じていたのだろう。ところが、源三に子が生まれた。

……源三が庸子を振り向く事は、もうない。

庸子はお菊に言った。

「お願いがあるの」

「何でしょう？」

庸子の笑顔は清々しいものだった。

「私を、殺して」


お菊は当時を振り返り、淡々と語り続ける。

「私は悔やみました。たとえ庸子様を失望させたとしても、旦那様に助けを求めるべきだったと。今からでも遅くはない。庸子様を蔵から出さなければならない。私は祭儀用の刀で、窓の格子をこじ開けました。そして――」

「お逃げください！　私が家人の注意を引いた隙に。ごめんなさい、ごめんなさい……」

泣き叫んで縋るお菊に、庸子は微笑んだ。

「あなたが謝る事じゃないわ。私が決めた事だもの。……ありがとう」

庸子の姿はなかった。

――その翌朝。

「私には分かりました。庸子様が逃げられたのではない事が。蔵に仕舞ってあった白無垢がなくなっていたからです。窓から外に出て、沼に身を投げられたんです――黒姫様に倣（なら）って」

お菊は無感情に語った。その視線は何も見ておらず、ただ宙の一点を眺めている。

「悔やんでも悔やんでも悔やみ切れない。私は若旦那様と絹さんを、心の底からお恨みしました。そして、ささやかな復讐を考えました」

「――窓、ですね？」

ようやくお菊は視線を動かし、零にコクリと頷いた。

「窓扉の蝶番を緩めて、閂（かんぬき）を外しておきました。そうすれば、風が吹けば物音がします。まさか狸が住み着くとは思っていませんでしたけど。源三さんも絹さんも、気の弱い方だと思ってましたので、首を突くなんていう凄惨（せいさん）な亡くなり方をしたとお伝えすれば、庸子様のご遺体を確かめる勇気などないだろうと」

「黒沼は湧き水のある底なし沼ですからね。一度沈めば、浮き上がる事はまずない。閉ざされた蔵に庸子さんの面影を残すという、十分な復讐になったのではありませんか？」

「本当はもっと早く種明かしをするはずだったんです。お暇を頂き、口止め料を証拠に、旦那様にお伝えしようと、大隅米穀店へ向かったのですが……」

大隅米穀店は、なくなっていた。

更地を眺めて途方に暮れたお菊は、故郷に戻る事にした。

しかし歓迎されたのは、持参した金子のみ。居場所がない事を悟ったお菊は、身ひとつで再び東京に戻った。

「後悔しました。庸子様の無念の証である口止め料を使ってしまった事を。あんなお金を受け取ったから、警察にも言えやしません」

「その懺悔のため、あなたは大隅米穀店のあった場所に建てられた料亭で働く事にしました。庸子さんを知る人物が、訪ねて来るのを待つために」

お菊は僅かに目を伏せた。

「そうしなければ、庸子様の身に起きた悲劇だけでなく、庸子様自身の事も忘れ去られてしまう、そう思いました」

「その結果、蔵に隠された秘密を明かす機会を逸し、十八年もの間、あなたは呪いをここに置く事となった。その間にそれは、妖と成り果てていましたよ」

　一陣の風が裏庭を吹き抜ける。

　それは渦を巻いて天へと昇り、消え去った。

「……どうやら、祓う必要はなさそうですね」

　零は一同を見渡した。

「さて、これで全ての真相が明かされました。残念ながら、蔵は狸の棲処となっていたため、中のものの価値はなくなっているでしょう、浄瑠璃人形も含めて。私にできるのはここまで。後は皆さんでご相談ください。…………と、言いたいところですが」

　裏庭に低い笑い声が響いているのに、零は気付いていた。

　地獄の底から湧き出るような不気味な空気の振動は、彼を総毛立たせた。源三は顔を上げ周囲を見回し、絹は弥生を抱いたまま震えている。

「フフフフフ……」

　やがてそれは、はっきりと聞き取れるまでになった。

　空気が変わる。

　ねっとりとした湿気が一同を呑み込んでいく。

　その声の主に、一同は恐怖に満ちた視線を送った。

零は声を掛けた。

「まだ仕事は残っているようですね、弥生さん」

弥生は顔を上げた。白かった肌は跡形もなく、墨で染めたように黒く変色している。

「ヒイッ！」

絹が悲鳴を上げた。零は身構えた。

「ようやく姿を現しましたね……黒姫」

## 【陸】　薙刀舞ヒテ式神ノ危ウシ

「皆さん、屋敷に入ってください。何があっても戸を開けぬように。急いで！」

零は硬直する絹を弥生から引き離し、お菊に預ける。源三も逃げるように屋敷に向かった。

二人だけになった裏庭で、零は黒姫に向き合った。

「花嫁姿の庸子さんが身を投げた事で、おまえの呪いは甦（よみがえ）った。禁忌の色、白。それが宿怨（しゅくえん）を思い起こさせたのだ。庸子さんの無念に同調したおまえは、事もあろうに弥生さんにその凶気を向けた。罪のない赤子である、弥生さんに」

弥生はゆっくりと両手を地に付いた。四つん這いの格好で、零を睨み上げる。

「勘違いもはなはだしい。諸悪の根源は源三さんと絹さんであって、断じて弥生さんではない」

弥生はペロリと舌を出した。それは人間のものではなく、二股に分かれた細長いものだった。

――蛇。

弥生の黒い肌には鱗(うろこ)が浮き出て、黒目を丸く見開いた様相は、この世のものではない。

爪を立て脚を露わに、爬虫類(はちゅうるい)の動きでジリジリと零に迫ってくる。零は短刀を手に取る。

「祭りがなかろうが、弥生さんの美しい容姿を借りて、思う存分着飾って、満足しただろう。弥生さんに関わる全ての人を不幸に陥れて、満足したはずだ。これ以上何を望む？」

弥生――否、黒姫が牙を剥いた。口元から覗く尖った二本の歯が鋭く光る。

「醜イト蔑マレル者ノ怨(ウラ)ミ、貴様ニハ解ルマイ」

弥生の声ではない。幾重(いくえ)にも重なった怨霊(おんりょう)の叫び――零にはそのように聞こえた。

「貴様ニハ、解ルマイ！」

その時、黒姫は予想だにしない動きを見せた。鱗に覆われた腕を鞭のようにしならせ、零に向けて伸ばしたのだ。

間一髪、身を投げてそれを躱す。受け身で一転すると、零は呪符の束を投げた。

紙片は意思あるもののように宙を舞い、軒に、雨戸に、壁に、庭木に、次々と張り付いていく。すると書かれた文字が蠢いて二匹の魚の形となり、ぐるぐると渦を巻いて太陰太極図を浮かび上がらせた。

太陰太極図――それは、太乙の印。

即席の結界である。結界の外がこの世ならば、結界の内は、あの世。その境界を太乙が護ってくれる。外に危害を及ぼさないために必須の舞台装置だ。

黒姫は蜥蜴の動きで零を追う。腕が延び、零の顔に鋭い爪が迫る。短刀の鞘で弾くが、頬に赤い筋が刻まれた。

零には分かっていた。黒姫という『鬼』の正体が明かされた今『陰の太刀』を抜けば、本来の姿を見せるに違いない。しかし――

今抜けば、弥生ごと、黒姫を斬らねばならない。

それは、零にとって本意ではない。まずは、弥生の中から黒姫を引き摺り出す必要がある。

帯にぶら下げた髑髏の根付が、カタカタと顎を鳴らす。

――犬神・小丸。その役割を担う者が、早く出せと零を呼ぶ。

「黒姫――いや、黒沼の竜神。おまえは本来、善良な妖であったはずだ。黒沼の主として、何百年もの間、人々の営みを見守ってきた。なぜ、鬼などに身を堕とした？」

鋭い鞭撃を避けながら、零は黒姫に問い掛けた。小丸を出す機会を窺おうと、時を稼ぐためだ。激昂した黒姫は、人間の関節には不可能な動きで、口を大きく開いて声を上げた。

「シャアアアア‼」


……零は身体が浮くのを感じた。

周囲を見渡して、状況を把握しようともがく。

――水。

結界内が水で満たされている。いや、零の意識を黒沼の底へと飛ばしたのかもしれない。冷たい。澄み切っていて、生き物の影もない。無限に続く暗黒の孤独。そして、焦燥。

周囲の湖沼が、近代化により次々と埋められていく。仲間だった水の神々も姿を消していき、それを追う目は、絶望と恐怖を映していた。

……これは、黒沼の竜神、その意識だろう。

途端に視界が現実に戻る。黒姫の顔が、一寸先に迫っていた。

零は首を掴まれ、土塀に押し付けられている。息が詰まり、首が軋む。

黒姫のもう片方の手に匕首が光る。血の気が引く。源三から取り上げたものを奪ったのだ。

振り下ろされる刃を漆黒の鞘で防ぐが、片手に対し両手でも、それを押し返せない。

同時に首を掴む力が増し、視界が霞む。

……しかし、意識を失えば、彼の体は彼のものでなくなるだろう。

――そうなれば、弥生だけでは済まない。

「醜イト、蔑マレル者ノ、恨ミ――思イ知レ！」

凄まじい力に押され、零の顔に刃が迫る。

――一方、桜子は悶々としていた。
零と弥生が出て行ってから会話は下火になり、「休んどいで」と、隣室に追い出されてしまった。着替えるのも面倒で、桜子は巫女装束のまま煎餅布団に横になったが、

襖一枚向こうでボソボソと話をされていたら、眠れたものではない。

桜子は気になって仕方がなかった。

――ここまで付き合わせておいて、最後の大団円を見せずに置いて行くとか、ありえない。それに、零がまた弥生に冷たくしていないか気に掛かる。

やがて、居間からの声が聞こえなくなった。ご婦人がたも眠ったのだろう。

しばらく聞き耳を立てて様子を窺ってから、桜子は意を決して布団から起き上がる。

そろりとコートを肩に掛けると、脱ぎ置かれたワンピースが目に入った。

あれだけうるさく言われたし……と、桜子は御守袋を取り出し、コートのポケットに納めた。そしてそっと立ち上がる。抜き足差し足で襖に近付く。

隙間から覗くと、案の定、囲炉裏の残り火を囲んで皆横になっていた。

ゆっくりと襖を引く。細く開いた隙間に身を通し、壁沿いにそろそろと土間に向かう。慎重に草履(ぞうり)を履き、入り口の戸に手を掛けたのだが……。

ガタッ。

桜子はその場で固まり、気配を全身で探る。すると声がした。

「どこに行くんだい？」

縕袍(どてら)の婦人だ。仕方なく、桜子は嘘を吐いた。

「ちょっと厠(かわや)に」

「そうかい」

ドキドキと様子を窺う。しかし彼女は、再び眠りに就いたようだ。

ホッと胸を撫で下ろし、桜子は戸を開けた。

キラキラと瞬く満天の星の下、コートの襟を立てて御影家へと進む。

門を覗き込むと、裏庭で物音がした。

忍び足で屋敷の陰を移動する。途中、物置の横に立て掛けられていたものを見付けて、桜子は手に取った。

——薙刀の木太刀。祭儀用か、それとも練習用か。もしかしたら弥生も、子女の嗜みと習わされていたのかもしれない。心細さもあり、桜子はそれを携えて奥に向かった。

屋敷の角を覗く。裏庭を一望できるそこから見た光景は、桜子を驚愕させた。

白刃を構えた弥生が、零に襲い掛かっている！　しかも、明らかに零が劣勢だ。

「ちょっと……！」

反射的にコートを脱ぎ捨て、桜子は飛び出した。

「でやああっっ‼」

突然割って入った桜子を見て、零は焦った。

彼女はなぜ、この結界に入れたのか？　結界内は仮設の異空間。通常、外部の人間は入るどころか、中の様子を窺い知る事すら不可能だ。たとえその場に居たとしても、何もない裏庭の光景にしか見えない。それなのにどうして、桜子は真っ直ぐに、零の方に向かって来る事ができる？

その答えはすぐに出た。

――桜子に持たせてある、御守袋の呪符だ。あれが発する結界が、こちらの結界を中和して、中に入れてしまったのだ。

何という事だ！　零は己を呪った。

「桜子さん、逃げて……」

声を絞り出すが、桜子には届かない。

しかし、その後に起こる出来事が、零を唖然とさせた。

――桜子の振り下ろす薙刀が、的確に黒姫の手の甲を叩き、匕首を叩き落としたのだ。

「弥生さん、どうしたの？　またこの人が冷たい事を言ったの？」

桜子は黒姫に問い掛けた。黒姫は歯軋りして桜子を睨む。

「桜子さん、その人は弥生さんじゃなく……」

言いながら、零は気付いていた。黒姫の姿が見えるのは、妖に感応性のある者だけで、桜子には、弥生の姿にしか見えていないのだ。

黒姫は構わず、目にも止まらぬ動きで匕首を拾い上げ、桜子めがけて突き出した。

「危ない……！」

だが零が言い終わるより早く、桜子は動いた。

全く動じない所作で薙刀を振り上げ、手首に痛烈な一撃を見舞う。

匕首は宙に飛ばされ、母屋の軒に突き立った。その流れで、手首を押さえる黒姫の首筋に絶妙な打撃を加えて昏倒（こんとう）させ、柄を背中に当てて地面に押し倒す。

一瞬にして、黒姫は桜子の前に平伏した。

「…………」

零は言葉を失った。

「弥生さん、辛かったわね。でも、もう大丈夫。私はあなたの味方よ」

桜子は、息切れすらしてない。対して零は、震える声を押し出した。

「家から出るなと、あれほど……」

「でも、私が来なければ、あなた、死んでましたよ？」

「そう、ですね。……ありがとう」

零は言葉に窮した。

桜子は薙刀を置いて膝をつく。そして、地に伏す黒姫に微笑んだ。

「女同士、腹を割って話しましょ。この唐変木は置いといて、ね？」

「ですから、桜子さん、その人は、今は弥生さんではなく……」

そう言うと、桜子は零をキッと睨んだ。勘違いされている。零は頭を抱えた。

「分かりました。ではまず、私と桜子さんが話をしましょう。あまり余裕はない。有り体に説明します。その人の正体は……」

桜子の背後で黒姫が起き上がる。桜子は気付いていない。

「…………！」

零は咄嗟に桜子を抱えて伏せる。鞭の腕が強かに彼の背中を打ち付けた。

骨が軋む。さすがに桜子も目を丸くした。

「桜子、さん、逃げ、て……」

息が詰まって声が出ない。この状況を解決するには、桜子を結界の外に出す他ない。

零は桜子の背を押した。しかし彼女は――

「……え……何……何が起きたの……」

と、黒姫を見据えて腰を抜かしている。

弥生の姿をしたこの者の異常性に気付いたのだろう。

こうなれば、桜子の盾になるしかない。零は黒姫の前に出た。

その姿を見て、漆黒の顔にニヤリと笑みが浮かんだ。

守らなければならないものがあるというのは、弱みである。自由に動きが取れないためだ。それを見抜いた黒姫は——しかし、零の想定外の行動に出た。

黒姫の腕が零を弾き飛ばす。

何度も地面を跳ねて転がる。庭木に叩き付けられてようやく止まったが、痛みで起き上がれない。零は必死に呼吸を整えて顔を上げる。

そこでは、黒姫と桜子が対峙していた。桜子は薙刀に手を伸ばすも、黒姫に取り上げられた。そして、反対の手が桜子の顔に迫る。

「桜子さん！」

這うように飛び出す零の鼻先に、黒姫の放った薙刀が突き立つ。木太刀の鋭さではない。

黒姫の掌から何かが現れた。

黒い蛇頭だ。それは鎌首をもたげ、桜子の顔にかぶり付く。

「……いけない！」

——それだけは駄目だ！　零は薙刀を引き抜き、桜子のもとへ走る。

しかし、黒姫がその薙刀を掴んで振り回し、零は再び壁際に投げやられた。

桜子の体がガクリと力を失う。するとスルスルと黒姫の手に戻った。

「桜子、さん……」

血に咽びながら身を起こす零の視線の先で、だらりと両手を下ろして膝をつく桜子が、ゆっくりと顔を上げた。

――その顔は、桜子のものではない。白い丸顔に垂れ目の、お多福の面。それが不気味に歪んで、禍々しい妖気を放っている。

……庸子だ。零は直感した。

その身に取り込んだ庸子の無念を、桜子に憑依させたのだ。

しかし、呪符を身に付けた桜子が、なぜこうもあっさりと黒姫の手に落ちてしまったのか。

その答えは、零の視野の端にあった。

――結界の内側に脱ぎ捨てられた、桜子のコート。

簡単な事だ。あの中に呪符がある。零は天を仰いだ。

「ヒィッヒイッヒイッ」

黒姫が喉を鳴らして嘲笑う。薙刀を渡された庸子は立ち上がり、細い眼窩を零に向けた。

……黒姫の狙いは、これだったのだ。

黒姫は、桜子が並外れた薙刀の使い手と知り、庸子を憑かせた。

人間が身体を使う時には、通常、一定の制御がかかり、本来の能力の何割かに抑えていると聞く。しかし憑依された場合、十割以上の力を出す上に、怨念の強さが乗数で加わる。武術の心得のない弥生であの通りだ。桜子の能力を加算すれば……。

要するに、想定しうる限り、零にとって最悪の事態になったのである。

「逃げたいですよ、私は」

そう呟きながらも、零の脳裏にはひとつの疑問が浮かんでいた。

なぜ黒姫は、彼を直接殺さなかったのか？

庸子が薙刀を構える。嫉妬心に満ちた視線が零を睨み据える。そこで零は察した。

——醜いと蔑まれる者の恨み。要するに、容姿の良い者に対する妬みだ。

だから、容姿の良い源三や絹を追い詰め、弥生を醜く変化させ、零を敵視するのだ。

黒姫の目的は、零を完膚なきまでに切り刻む事。

零は立ち上がった。こちらからは二人に攻撃できない。しかし、黒姫と庸子、二人の『鬼』を相手に逃げ切る事など不可能だ。切り刻まれる他にないのか……。

「痛いのは嫌ですね。どうせなら、痛くない方法で死にたいです」

庸子が動いた。薙刀がヒュンと風を切る。

零は咄嗟に身を投げて躱したものの、次撃で足を掬われて立ち上がれない。首スレスレに鋒（きっさき）が突き立つ。ヒッと息が止まる。

……わざと外した。零は感じた。

庸子の中で桜子の意識が働いたのか。一瞬そう期待したが、見上げたお多福の面は、月を背に黒々と殺意を浮かべていた。

弄（もてあそ）ばれているのだ。その気になれば一突きだろう。

「シャアアアア‼」

今度は黒姫が零に圧し掛かった。鋭い爪で喉元を掴んで押し付けてくる。抗（あらが）える力ではない。

帯でカタカタと鳴く髑髏の根付。小丸なら、あるいは――

「ヒイヒイヒイ」

牙を見せて笑う黒姫の口に、漆黒の鞘を突っ込む。口を大きく開いていたのが仇（あだ）となり、黒姫は口を閉じられない。

――今だ！

「小丸！」

零は根付を引き外し、黒姫の口に投げ入れ――ようとした時。

ドカッ。

薙刀で強かにこめかみを殴られ、零の視界に火花が舞った。

——駄目だ、意識を失っては。太乙がこの身体に降りれば、二人共……。

だが、黒姫の指が首筋に食い込むと、零の意識は闇に落ちた。


「……ギィヤアアアア‼」

凄まじい悲鳴が耳をつんざき、零は飛び起きた。

——もしや、太乙が……⁉

だがそこは、先程のままの中庭である。

しかし、夜の闇はなく、明るい光に包まれている。まるで真夏の太陽のような眩さだ。その光源を見やり、零は状況を把握した。

——式神『朱雀（すざく）』。

四神の一柱。南の方角を守護する霊鳥。深紅（しんく）に燃える翼を広げた姿は、たとえようもなく美しい。

そんな存在が、中庭に佇んでいる。

もちろん、ただの通りすがりのはずはなく……。

母屋の屋根から声がした。

「女子（おなご）と戯（たわむ）れるには、夜風が寒かろうて」

月を背に、一人の人物が胡座（あぐら）をかいていた。

高烏帽子に白銀の直衣と指貫。平安絵巻そのままの姿が、そこにあった。

零は声を上げた。

「――安倍晴明様」

千年もの間転生を続けている、ハルアキの真の姿――それが安倍晴明である。

認めたくはなかったが、今の彼の様子は、零にそう納得させるものだった。

晴明ならば、『この世の存在』に該当せず、結界を通過するのに難はなかっただろう。しかしなぜ、わざわざ真の姿を現したのか？

すると思考を読んだように、晴明はニヤリと片膝を立てた。

「子供の姿で酒を呑むと小言を言う『弟子』がおるのでな」

そう言うと、晴明はウイスキーを湯呑みに注いだ。

「小生意気な弟子の失態の後始末を、高みの見物に来てやったのじゃ。退屈させるでないぞ」

「難しい注文をされますね」

零は溜息を吐きつつも、ホッと胸を撫で下ろした。天下随一の陰陽師が助太刀してくれるなら、文字通り、光明が差したというより他にない。

零は中庭に目を戻す。黒姫が悲鳴を上げながら、朱雀の放つ焔から逃げている。

『蛟』即ち水竜。火が苦手というのは道理だ。

朱雀が黒姫を引き付ければ、零は庸子に集中できる。

零は走った。黒姫から庸子を引き離すためだ。

「…………！」

殺気を感じて庭石の裏に回り込む。薙刀が庭石に激突する。すると背丈ほどの巨石が、パカリと真っ二つに割れて、零は青ざめた。

「冗談じゃないですよ……！」

零は結界の際まで走り、振り返る。無機質な面に怒りを込めて、庸子がこちらに駆けてくる。

――今だ。

零の手から呪符が舞う。無数の蝶のように舞いながら、お多福の面に張り付く。

それを剥がそうと、庸子が薙刀から片手を離した瞬間。

「――小丸、出番です」

零は根付を投げた。

根付は白い光を放ち、膨張していく。そして地面に落ちる頃には、白狼の姿となっていた。

純白の毛皮には焔の紋様が浮き出て、体全体に白い陽炎を纏っている。

――犬神・小丸。

狩人が猟犬を使って獲物を巣穴から追い立てるように、犬神は宿主から妖を祓う。零の頼れる相棒であり——唯一の家族だ。

小丸は頭を低くして庸子に駆け寄り、隙のできた腕に噛み付いた。

「——————!」

庸子が動揺して腕を振る。薙刀は長さがあるため、懐に入られてしまえば真価を発揮できない。

だが庸子は腕をブンと振り回し、小丸を壁に叩き付けた。

「そう簡単にはいかないですね」

犬神が活動できる時間には限度がある。激しい働きをさせれば、消耗して動けなくなるのは、普通の犬と同じだ。だから付け入る隙を狙うのだが、庸子の力は零の読みを遥かに上回っていた。

小丸の援護をすべく、零は再び呪符を構えた。

その時——裏庭に闇が落ちた。

目を向けると、そこには月夜の光景だけがあった。

——朱雀が消えている。黒姫は、どこだ？

零の背筋に悪寒が走った。

「……ヒィヒィヒィ……」

ハッと見上げた母屋の屋根に、ふたつの影があった。黒姫、そして、黒姫に首から吊るされた、晴明。

零は叫んだ。

「小丸！」

白い焔が跳んだ。優れた脚力で、屋根の上の黒姫に飛び掛かろうとする。

すると黒姫は、小丸めがけて晴明を放り投げた。

「────‼」

零は咄嗟に飛び出し、身を挺して晴明を受け止める。

「……何を、してるんですか、晴明様」

息が止まる零の上で、陰陽師は赤らんだ顔を扇子で扇ぐ。

「久々の酒でな、少し酔うた。あの琥珀色の酒は強いのう」

零は晴明に呆れ顔を向けた。

「あれは、あのように呑むものではありません。それに、式神を抑えるのに術者を狙うのは道理。油断大敵ですよ」

「そなたにだけは言われとうない」

痛む腰を押さえて立ち上がろうとする零を、だが左右から迫る二人の鬼は待ってくれない。

「ジャアアアアッ！」

屋根から飛び降りざまに、強烈な鞭の一撃が二人を襲う。零は晴明を抱えて辛うじて避けるも、そこに凶刃が降りかかる。

「ウオーン！」

横から小丸が飛び出し、庸子に体当たりをして難を逃れる。しかし、続く黒姫の鞭は避けられない――！

零は意を決し、晴明の前に立ちはだかった。

……その零の前に、白い紙片が舞い落ちた。それは零の目前で強烈な光を放ち、瞬時に姿を変えた。

――式神『青竜』。

四神の長。東を守護する神獣。翡翠の如き蒼き竜鱗は、鉄壁の護りを誇る。

キーンと甲高い音がした。続いて黒姫の悲鳴。

渾身の一撃を弾き返され、黒姫は地面に転がった。

「……遅いですよ」

零の背中を冷や汗が伝う。

「間に合ったから良いではないか。文句を言うな」

晴明は青竜の横に進み出た。その手には、式札。

「酔いは醒めた。玄武」

中指と薬指を立てた右手を振る。はらりと舞った式札は焔と消え、黒く奇怪な影へ変化した。

――式神『玄武』。

四神の一柱。北を守護する聖獣。亀甲の頭と尾の部分から、蛇の如き長い頭が伸びている。

「こやつを鎮めよ」

玄武の二本の首が伸びる。それはスルスルと黒姫の身体に巻き付いた。鞭の抵抗も、岩のような甲羅には通用しない。そのまま黒姫の身体に圧し掛かり、キリキリと締め上げる。

「ギヤアアアア‼」

黒姫の絶叫が響く。

庸子も動くが、青竜がその斬撃の全てを受け止めるため、手出しができない。

形勢は逆転した。だが――

零は晴明の肩に手を置いた。

「黒姫を離してください」

「なぜじゃ？」

「あれでは、弥生さんが死んでしまいます」

晴明はもがき苦しむ黒姫を冷淡に眺める。

「仕方あるまい。そもそも――」

そして零に、刺すような視線を移す。

「そなた、なぜ刀を抜かぬ」

「………………」

「その甘さが、取り返しの付かぬ事態を招くのじゃ。多少の犠牲は受け入れよ」

その目を無感情に見返して、零は答えた。

「嫌です」

晴明は目を細めた。

「……私の前で、人が死ぬのを見るのが嫌なんです」

晴明の表情が険しくなる。

「独善じゃな。論ずるに値せぬ」

「ならば、こうしましょう」

零は短刀の鞘を晴明の首に押し当てた。カチリと音がする。

「今ここで、刀を抜きましょうか」

視線が交錯し、時間が凍結する。

張り詰めた空気を割り砕いたのは、一丁の匕首だった。晴明の注視が逸れた隙を見計らい、黒姫が軒下の匕首を引き抜き、晴明に向かって投げ付けたのだ。

「危ない！」

零が晴明を押し倒す。その腕に深々と白刃が突き立った。

青竜と玄武の姿は霧散する。後に残ったのは、息苦しいほどに増した憎悪と殺意だった。

「………………」

腕を抱えてうずくまる零に、晴明は氷よりも冷たい視線を落とした。

匕首を引き抜く。それを帯に挟んで、零は立ち上がった。

「後は知らぬぞ。勝手にせい」

「……残念ながら、彼女たちが見逃してくれるとは思えませんけどね」

流れ出る血を押さえ、零は二つの殺気を見比べた。

「私と小丸で黒姫を何とかします。晴明様は、庸子さんから逃げてください」

「……結局、そうなるのかの」

零と晴明は逆の方向に駆け出した。その隙間に、鞭と薙刀が振り下ろされる。地に穴が穿たれ、土煙が上がる。

零と小丸は裏庭の中央に出た。相手は蛇だ。屋根や庭木に登られて、上から狙われるよりは、見通しの良い平地の方がやり易い。

両腕の鞭をしならせながら、黒姫がこちらに迫ってくる。

零はニッと口を動かした。

振り向きざまに大量の呪符を投げる。黒姫は二本の腕で、宙を舞う紙片を切り刻んでいく。力を失った紙片は、バラバラと地面に降り積もる。

……その時。

「――――⁉」

黒姫の足元がツルリと滑った。鬼の姿になろうとも、服装は弥生のまま。白銀の毛革のコートをなびかせて、赤いハイヒールの底が天を仰ぐ。

「今です！」

零の合図で小丸が飛び出す。

その勢いで火球に変化し、驚きで大きく開いた黒姫の口に飛び込んだ。

「――――！」

黒姫は喉を押さえて悶(もだ)えだした。じたばたと手足を動かし、呪符の破片の上を転げ回る。

零は静かにそれを見下ろした。中でどうなっているかは、零には知(し)る由(よし)もない。だが、これだけは分かっている。小丸は非常に優秀な相棒だ。

そして零は、紙片の下から何やら拾い上げた。

――陽の鏡。呪符と同時に、黒姫の足元に投げたのだ。呪符の破片に隠された鏡面をハイヒールで踏めば、ひとたまりもない。

――しかし、こんな使い方をした事が、あの方にバレでもしたら……。

零はゾクリと肩を竦めた。

◇

――一方、安倍晴明は苦戦していた。

「余は武芸が苦手じゃ……」

元々平安貴族で、宮中で星読みを生業(なりわい)としていたのである。武器を持った相手の対処法など、知るはずもない。

零(ナナシ)は良い。探偵という職業柄、護身術の心得がある。それに、あの犬神。下等な鬼ではあるものの、元は狼である。頼もしい事この上ない。

とは言え、晴明の扱う式神の方が圧倒的に強い。強いのだが……ひとつ、難点があった。犬神と違って、式神はその能力が術者の力に大きく左右される。安倍晴明は限りなく強い力を持っていたため、彼の扱う式神も最強だった……かつては。

現在は、無理に転生を重ねた結果、その力が弱まっている。そのせいで、短時間しか召喚できない。一瞬に力を集中させて、式神の能力を保つしかないのだ。

だから、玄武で黒姫を仕留められなかったのは致命的だった。

——再び召喚する力は、彼には残されていない。

「参ったぞ、参ったぞ」

情けない声を上げ、晴明は庸子から逃げ回る。子供の姿なら、もう少し小回りが効くのだが……。

「……ん？　姿を戻せば良いではないか」

晴明は物置小屋の陰に逃げ込んだ。そして式札を取り出し……。

ピシッ！

何かが割れる音がした。晴明は恐る恐る振り返る。

彼が目にしたのは、柱をへし折られた物置小屋が崩れ落ちる瞬間と、瓦礫(がれき)の向こうからこちらを睨むお多福の面だった。

「………ヒイッ」

晴明は式札を放り出して駆け出した。

「早(はよ)う、早うあの化け物を何とかせい、零(ナナシ)の奴……」

しかし……と、彼は思い返した。

零は先程晴明を殺そうとした。果たして信用できるのか？　そもそも、居候の分際で師匠を名乗っているのは晴明の方であり、零は弟子だと思っていない。それに、安倍晴明が転生により千年の時を超え、今は少年の姿をしているなどという話を、信じていないに違いない。妙な術を使う油断ならない子供、その程度の認識だろう。

――その上、桜子と申すあの女子じゃ。余の忠告を無視して、斯様な危険人物を雇うという蛮行に出た事。それは何よりも許し難い。そんな輩に己の命運を託すとは、片腹痛いわ。

そうは思いつつも、庭石や庭木を粉砕しながら迫ってくる凶刃から逃れる手段が湧いて出てくる訳ではない。晴明は頭を抱えた。

「如何すればよい？　如何すればよい？」

……すると、耳の傍で声がした。

「そなたの使うべき式神は、四神のみか」

穏やかな老婆の声。

「――大陰！」

晴明の扱う、十二天将随一の知恵者。晴明にとって頼りになる相談役だ。繻子の朝服と、緩く束ねた白髪を揺らし、正座をしたまま晴明と並行して飛んでいる。先程投げ出した式札が、晴明の嘆きに反応したのだろう。

大陰は深い皺の刻まれた目元を細めて繰り返した。

「そなたの使うべき式神は、四神のみか」

「……なるほど」

晴明が腕を振ると、大陰は姿を消した。……立てた二本の指には、また別の式札が挟まれている。

つまりこういう事だ。四神のような攻撃型の式神には、大きな力が必要だが、小手先の幻術を使うものならば、さほど力を使わずに召喚できる。相手が武芸者ゆえ、攻撃ばかりを考えていた。

晴明は振り向きざまに声を上げた。

「騰蛇！」

式札が宙に舞うと同時に、虹色の陽炎を纏った蛇が現れた。

陽炎が翼となって晴明を包むと、彼の姿が二人、三人と増えていく。相手に幻影を見せて翻弄する、騰蛇の能力だ。

的が増えれば標的になる確率が減り、逃げ切れる確率が上がるはず。

……ところが。庸子の薙刀は狂いなく晴明に向けられ続ける。どうした事だ？

——面か！　何と厄介な！

晴明は気付いた。お多福の面の狭い眼孔(がんこう)から見ているため、普通に見るよりも焦点が定まって、狙いが惑わされないのだろう。

　晴明は次なる式札を投げる。

「六合！」

　事務所の納戸に桜子が侵入した際に彼女を眠らせた、あの式神だ。翁の面に似た柔和な顔が、庸子に向けてスッと微笑む。

……しかし、庸子の動きに変化はない。

「何故(なにゆえ)じゃ、何故眠らぬ？」

　月光を浴びたお多福の面は、晴明の目前に迫り、薙刀を構えた。歪んだ表情にポカリと開く眼窩は暗黒で、その奥は窺い知れない。

――そうか。そういう事か。

　ようやく晴明は悟った。この者は「目」によって見ている訳ではない。暗い土蔵で暮らしていたため、目に頼らない感覚が異常に優れているのだ。ならば、視覚に頼った術など通用しない。

　白衣に緋袴の何とも清らかな衣装が、歪んだ表情の面の狂気を増幅させ、総毛立つほどのおぞましさを醸(かも)している。

　薙刀が振り上げられた。

## 【漆】 忘レラルル神

「大裳(たいも)！」

咄嗟に晴明は式札を投げた。晴明の背後に一瞬だけ、髪を羊の角のように結った美女が現れ、その衣で晴明を包む。……そして不意に消えた後には、晴明の姿はなかった。

さすがの庸子も戸惑ったようだ。薙刀を振り上げたまま、しばらく周囲を見渡すように面を動かす。


——その頃、井戸の傍を、一匹の白い鼠(ねずみ)が走っていた。

窮地に陥(おちい)ったとはいえ、鼠などに化身せねばならぬとは……晴明は自嘲(じちょう)した。

しかし姿を変えたとしても、庸子はすぐに気付くに違いない。この隙にできるだけ距離を取り、身を隠さねばならない。

「零(ナナシ)の奴、まだ終わらぬか。さっさと助けよ」

心の中で晴明は叫んだ。

壁際を一目散に走る。すると前方に建物が見えてきた。

——蔵。

あの中に隠れれば、狭くて薙刀も振るいにくいだろう。そう考えたところで、何かが晴明の視界を遮った。

赤い袴。視線を上に向ければ、お多福の面が睨み下ろしている。

薙刀が風を切った。

「チュウ‼」

悲鳴を上げて飛び退く。爪を立てて壁を走る。その間も凶刃は、晴明の背後に穴を穿っていく。

「助けてたもれ！　助けてたもれ！」

しかし、どんなに叫ぼうが、チュウチュウという鼠の声にしかならない。

何とか壁を登り切る。ここなら薙刀は届かないが、油断はできぬ。登られたら逃げ場はない。

生まれて千年、これほどまでに必死で走った事はない。晴明は無我夢中で壁を駆け抜けて、蔵のなまこ壁に飛び付き、小窓に向かう。そして、窓扉の隙間から蔵に飛び込んだ。

月明かりの届かない蔵の中は漆黒の闇だった。夜目の効く鼠で助かった。晴明はホッとしつつも、念のため柱を登り、梁に身を隠した。

果たして庸子は気付くだろうか？　こうしていても、生きた心地がしない。

晴明はそっと梁の陰から顔を出した。

すると、蔵の内部の様子が見て取れる。一様に朽ち果てていて、酷い有様だ。

……と、その中の、ある物が目に付いた。

――浄瑠璃人形。

虫食いで破れてはいるが、往時は煌びやかであったろう、金糸の装飾が残る衣装から覗く真っ黒な顔が、粛然と晴明を見上げていた。

晴明はそれを見て、ある方策を思い浮かべた。

――平安の当時。

彼は式神をいかに強くするか研究した事がある。式神とは、『呪念』という疑似魂を代償に鬼を降ろすもの。だが式札という形代に宿せる魂の量には限りがある。つまり、式神の強さには上限があるという事だ。

それを取り払う術はないのか？

そんな考えから編み出したのが、「魂あるものを形代に召喚する」方法である。

できるだけ近い形、たとえば玄武なら亀、という風に形代を選び、式札と同様に式神を降ろす。すると、式神が形代の力を宿し、能力が格段に高まった。

しかし、これには大きな問題があった。

形代として使った生物は、魂を式神に吸われ、大抵の場合死んでしまう。そして、形代が嫌がれば、式神の制御が困難になる。

一度、侍女を形代に試した事があるが、彼女は心を病み、自害してしまった。

それ以来、晴明はその方法を禁忌としてきた。

——しかしだ。

人形というのは、物質でありながら、往々にして魂を宿すものである。しかも祭儀に使われるものとなれば、強い念がこもっていても不思議ではない。それに少なくとも、死んで心を痛める事はない。

——これじゃ。これならば、形代として使えるかもしれぬ……。このまま逃げ回るのも先が見えている。一か八かじゃ。

晴明は前足を振り、変化を解いた。

入り口で物音がした。ギギギ……と扉が開く。隙間から差し込む月明かりの中、影が入ってくるのが見えた。薙刀が長く伸び、中を探っている様子だ。

——やるしかなかろう。

晴明は人形に向かって式札を投げた。

「——天一！」

◇

零はじっと黒姫の様子を見ていた。悶えて転げ回りながらも、明らかに疲れが見えている。

……そろそろだ。

黒姫が喉を押さえた。そして――

「ギィヤアアアア――‼」

凄まじい絶叫と共に、口から何かが顔を出した。零はすかさずそれを掴み、一気に引き抜く。

――蛟（みずち）。弥生の身体を支配していたものの正体だ。

蛇の体に鰭（ひれ）が付いており、鱗がぬめぬめと黒光りしている。傷付き、ぐったりと地に身を投げる様が、弥生の体内であった激しい抵抗を物語っていた。

傷口の鱗が剥がれ浮いていた。零はそれを取り上げる。月の光に透かして見れば、真珠のように淡い輝きを放つ。

恐らく、この黒い色は本来のものではない。黒姫、庸子の怨念を受け入れ、時代の流れと共に忘れ去られる焦燥を抱いたその結果だろう。本来はこの美しい鱗のような、白く透き通った色をしていたはずである。

——黒沼の水の色。それこそが、蛟の本来の姿なのだ。

「……ゴホッ」

最後に、弥生の口から火球が飛び出した。それは地に足を付けると小丸の姿に戻った。そして零を見るなり、褒めてくれとばかりに頬を擦り寄せる。

「良くやりましたね。いい子です」

零は顔を舐められながら、柔らかい毛をクシャクシャと撫でてやった。

それから弥生の様子を見る。髪は乱れ、無残な擦り傷があるものの、すっかり以前の白い肌に戻っていた。酷く冷たいが、脈は安定しており、生命に関わる事はないだろう。

「早く温かいお部屋へお連れしたいのですが」

そう言って零はトンビコートを脱ぎ、乱れた服を隠した。

しかしまだ仕事が残っている。桜子を解放せねばならない。

そう言えば、晴明はどうしただろうか？　庸子から逃げられているのか。

裏庭を見渡すが、二人の姿はない。

——その時。蔵の方で激しい物音がした。ハッと目を向ければ、薙刀が扉を粉砕し、庸子が後ろ向きに飛び出してきた。

「…………？」

晴明が何らかの反撃に出たのは確かだろう。しかし、彼が式神の召喚に使う力は、言うほど強くないと零は知っている。先程、四神という攻撃力の高い式神を連発したため、もう召喚する力など残されていないはずだ。武芸に関してはからきし駄目である。ならば、どうやって反撃しているのか？

「小丸、弥生さんを頼みましたよ」

嫌な予感を覚え、零は蔵へと走った——その途端。

バキッ！　もう一枚の扉が、内側から真っ二つに割られた。

——何かがいる。

崩れ落ちた扉の向こうに、その姿は見えた。黄金の天将。緩く纏った袍（ほう）に獅子（しし）の容（かたち）の仮面を付け、光り輝く宝刀を前に構える。

「——天一貴人（てんいつきじん）！」

晴明の扱う式神・十二天将の長。飛び抜けた攻撃力と美しさを持つ反面、非常に扱いの難しい式神でもある。

どういう事だ？　晴明のどこに、この式神を召喚するだけの力が残っていたのだ？

零は考えた。そして思い当たって凍り付いた。

——浄瑠璃人形を形代に召喚した！

以前ハルアキから聞いた事がある。制御が困難なため、魂を持つものそれ自体を形代とする方法は禁忌としていると。

長い間祀られず、怨念のこもったこの蔵に放置されていた祭儀用の人形。そこに宿された魂があるとすれば、どのようなものかは想像に難くない。

——このままでは、桜子が危ない！

天一が跳んだ。庸子の頭上に容赦のない一撃を振り下ろす。

庸子は薙刀の柄で防御するが、弾き飛ばされてよろめいた。そこをすぐさま宝剣が横に薙ぐ。受け流すものの、庸子は防戦一方となった。

早く止めなければ。その方法は、ひとつしかない。

零は蔵に駆け込んだ。黒闇に向かって声を上げる。

「晴明様！　居るのでしょう？　あの式神を止めてください！」

すると、梁の上で白い影が動いた。立てた膝に肘を置いて、晴明は疲れ切った声を上げた。

「ああするしか手はなかったのじゃ。そなたが助けに来なんだのでな」

「それは謝ります。ですから、お願いですから……！」

零は朽ちた床に膝をついた。

「桜子さんを、助けてください」

「……なぜじゃ」

晴明の声に棘が加わった。

「なぜあの田舎娘にそうも肩入れする？　あの女子(おなご)はそなたの何なのじゃ？」

零は晴明を見上げた。闇に慣れた目に、憤りを浮かべた顔が映った。

……この表情の意味するところは、嫉妬、なのだろうか？

言葉に詰まる。どこまで話すべきか、慎重に言葉を選びながら、零は晴明に告げた。

「私の記憶の中の、最も印象に残る方に、そっくりなのです」

「…………」

「今度こそは、助けたいのです。ですから……」

「手前勝手じゃな、そなたは」

そう言うと、晴明は梁にごろんと横になった。

「杞憂(きゆう)じゃ。安心せい」

「…………？」

零は白銀の直衣を見つめるが、晴明は何も言わない。戸惑いながらも、零は蔵を出た。

中庭では、庸子と天一の凄絶(せいぜつ)な攻防が続いている。

「うりゃあああ‼」

庸子の薙刀が天一の足下を払う。これを飛んで避けた天一は、庸子の頭上に刃を振り下ろした。

庸子は白衣を翻して天一の背後に回り込み、一閃が袍を掠める。

「…………」

割って入る余地など全くない。月夜に演じられる殺気の応酬は幻想的で、剣舞のように激しく、気高く、美しかった。零はその演舞をただ茫然と見入るしかなかった。

だがその決着は、刹那にして着いた。

天一の剣先が、お多福の面を真っ二つに斬り裂いた。同時に庸子の薙刀も、黄金獅子の仮面を叩き割る。

「…………！」

庸子が薙刀を投げ捨て顔を隠す。天一の姿は崩れ落ち、浄瑠璃人形が無惨に四散した。

「……だから杞憂と申したであろう」

蔵から悠然と晴明が姿を現した。

「あの人形に、庸子を斬る事はできなんだ」

「……そう、でしたか」

零はふうと息を吐いて、薙刀を拾い上げる。それは手の中でバラバラと崩れ、木片となって零(こぼ)れ落ちた。しかし、何と肝を冷やした事か。零はヘナヘナと蔵の前に座り込んだ。

その右手に何かが当たった。見ると、真っ黒な小さな顔が、零を見上げている。

——浄瑠璃人形だ。頭だけがころころと転がる様子は、物言いたげに見える。零はそれを両手に取った。

「何か御用ですか？」

——私ニ……話サセテ……ソノ子ト……話ヲサセテ……。

静かな声が脳裏に響く。零には分かった。

——蔵の中で話し相手となっていた、庸子自身の念だ。

過酷な境遇に耐えるため、闇に染まりゆく己の心から善意を切り離し、この人形に込めたのだろう。そうして己の善の意識を顧(かえり)みて、辛うじて精神を保っていた。その念が再び、庸子に語り掛けようとしている。

零は人形の頭を、庸子のもとへ連れて行く。すると再び脳裏に声が響いた。

——庸子……私ハ、アナタヲズット見テイタ……アナタノ心ハ……トテモ綺麗……ダカラ……。

人形の目がフッと笑った。零にはそのように見えた。

――自分ヲ、恨ンデハ駄目……アナタガ決メタ道ハ……アナタノモノ……。

庸子にも声が聞こえているのだろう。立ち尽くす彼女の肩が微かに揺れた。

――仮面ヲ付ケル事ヲ選ンダノモ……アナタ……。イツモ笑顔デ……無理ヲシテ……辛クテ……苦シクテ……デモ、ソレモ、アナタノ、選ンダ道……。

顔を覆う両手の隙間から嗚咽(おえつ)が漏れる。

――素顔ヲ見セル痛ミカラ逃レルタメニ……アナタハ許シタ……。ソシテ、身ヲ引イタ……思イ出シテ……。

「グッ……」

庸子が膝を折る。地に伏せて咽び泣く。

――仮面ハ外サレタ……黒姫ニ同感シタ心ノ鎖ハ……解キ放タレタノ……。アナタハ、モウ自由ヨ。……行クベキ所へ、逝(イ)キナサイ。

沈黙があった。庸子は無言で震えている。人形はそれを穏やかに見守った。

やがて庸子は両手を下ろした。静かに顔を上げる。

その上体は桜子から離れ、純白の花嫁衣裳を月に晒した。

庸子はゆっくりと立ち上がった。そして零の方を向く。下膨れの顔は晴れ晴れとしていた。

「やっと、素顔を見せられた……ありがとう」

そう言うと、彼女は月を見上げ――スッと消えた。

「自ら逝ったようじゃな」

晴明は蔵の前に座って月を見上げた。

「分かっていたのですね。これが、庸子さんの分身であった事を」

晴明は答えず、ゴロンと横になった。

「余は疲れた。不出来な弟子の所為でな。後の始末は一人でせい」

そう言うと彼は目を閉じ――子供の姿に戻った。紅に染まった頬をむにゃむにゃと動かすさまは、古の大陰陽師とは思えない。

「……やれやれですね」

零は裏庭に進み出た。ハルアキ、そして桜子が風邪を引かぬよう、早く片を付けねばならない。零は桜子のコートを拾って白衣の肩に掛け、小丸の鼻先でじっと地に伏せる蛟に向き合った。

「おまえにだけは、引導を渡さねばならない」

この扉に宿った、呪いの根源。その心の形がどれだけ不条理で悲しいものであろうが、鬼となった存在をこの世に残しておく事は、太乙が許さない。

零は鏡を取り出した。その鏡面に漆黒の鱗を映すと、それは眩い閃光（せんこう）を発した。

――私モ……連レテ行ッテ……。

零の手の中で人形の頭が訴える。零は微笑んだ。

「良いのですか？　村を見守らなくて？」

――イイノ……アノ子ヲ見送レタカラ……。

人形はじっと零を見上げた。

「あなたは黒姫の善の面。庸子さんを闇に落とさぬようにと、必死だったんですね」

――デモ……デキナカッタ……。私ニハ、コノ村ニ残ル資格ハナイノ……。

「村の人たちが悲しみますよ？」

――イイノ……コノ村ハ終ワリ……新シイ村ニ生マレ変ワル……新シイ村ニハ、新シイ神様ガ必要ヨ……。

零には分かった。新しい神など来やしない。文明という名の時代の変化が、人々の心に大きな変化をもたらして、陽も陰もない平らな世を作っていく。この村の神様も、この沼の伝説も、そのうち薄れ、消え去るだろう。

……そして、全てが真っ平になったところで、零もまた、呪いから自由になれるのだ。

「まぁ、止めはしませんが。……行きますよ」

閃光が迸る。全ての色が呑み込まれ、時空が歪む。存在が消える。そして――

気付けば、糸のような靄が渦巻く、無限の空間のただ中だった。

天も地もなく、光も闇もない。全てが混沌に溶かされた異空間。

三つの魂は、その中に漂っていた。

――太乙の領域。

この世とあの世の狭間。世の理の番人である太乙の胎内とも言える。この世からもあの世からも、一切の干渉を受けない。ただ孤独に、誰にも知られず存在する場所。

……一度ここへ堕ちれば、出られるのは、鏡を閉じる権限を持つ魂、ただひとつ。

零がわざわざこの異空間を拓いたのには訳がある。彼は短刀を手に構えた。

――これを抜けば、自我を失うからだ。

漆黒の鞘がカチリと音を立てた。それをそっと引き抜く。

――両手に足りる寸法の鞘から抜け出たものは、三尺を優に超す大太刀だった。月を切り抜いた色に輝く刃を見つめる零の右目に、太陰太極図が浮かび上がる。髪は白く色を変え、無限に伸びて空間に溶け込んでいく。

太乙の領域と同化した零は、陰の太刀を構えた。

その威容に慄いた蛟は、靄の中を泳いで逃げ回る。零であったモノがそちらに手を伸ばすと、靄が細長く形を成して、蛟の体を絡め取る。雁字搦めに動きを封じられ、蛟は最期の足掻きに牙を剥いた。

「シャアアアア‼」

彼は飛んだ。大きく開いたその口に、陰の太刀を突き立てる。そのまま尾まで突き通すと、蛟は鱗を散らばして、粉々になって靄に呑み込まれていった。

「……次は、私よ」

振り向くと、白無垢を纏った女が立っていた。漆黒の肌に浮かぶ表情は、穏やかに微笑んでいる。

「…………」

ゆらりと泳いで黒姫の前に立つと、彼は一突きにその胸を貫いた。

「……ありがとう……」

金襴緞子の糸が解け、靄の中に溶けていく。やがて全てが消え去った後には、鞘に収めた短刀を手にする零の姿だけがあった。

「――嫌な仕事です」

零は鏡に己を映す。すると空間が鏡面に吸い込まれていく。

――そして、何事もなかったかのように、零は裏庭に立っていた。

足元に小丸が駆け寄る。ハアハアと愛撫をせがむその姿は、あの頃と変わらない。

零は小丸のしたいように身を任せながら首筋を撫でてやる。そして、満足げに首を伸ばした小丸は光と化して、零の掌に髑髏の根付として納まった。

「終わりましたね。終わったんですがね……」

零は立ち上がり、裏庭を見渡す。そこには、風邪を引きそうな人物が三人転がっていた。

「やれやれ、ですね……」

零は溜息を吐いた。月は西へ傾き、東の空が白み始めていた。

目を覚ますと、知らない天井が目に入って、桜子は起き上がった。

……ここは、どこ？

目を擦(こす)りながら辺りを見回す。座敷に並べられた布団で寝ていたようだ。左手の布団にハルアキ、そして、右手の布団に……

桜子はバッと立ち上がり、零の布団を引き剝がした。

「何であんたと同じ部屋で寝てるのよ！」

眠そうに細く目を開けた零が、欠伸(あくび)混じりに答える。

「覚えていないのなら何より……」

「ちょっと、どういう意味よ⁉」

仁王立ちする桜子を面倒臭そうに見上げた雫は、なぜかバネのように跳ね起きた。

「ま、待ってください、落ち着いて。い、今から説明しますので。決してやましい事は……」

「当たり前よ！」

そう言うと桜子は、床の間に飾られた模造刀を取り上げた。

「……内容によっては、タダじゃ済まないけど」

ヒイッと息を呑んだ雫は、両手を上げながら桜子に訴える。

「お、お願いですから、着替えてくださいませんか？　巫女装束には懲りました」

「……は？」

「あとひとつ。……薙刀は、お得意ですか？」

思わぬ質問に、桜子は指を顎に当てた。

「昔、習わされてたわ。嫌々だったけど。故郷じゃ、負けた事がないわね」

「……左様、ですか……」

「やかましいぞ、余はまだ眠い」

ハルアキが不機嫌に起き上がったが、桜子の姿を見ると再び布団に潜った。

「助けてたもれ、助けてたもれ……」

「いい加減にしなさいよ。あんたたち、さっきから何なの？」

桜子は零を睨み下ろした。

「さあ、きちんと説明してちょうだい」


「……という訳です」

話し終えた零が紅茶を手にテーブルを眺めると、桜子は干し柿を摘まんでいた。

薪ストーブの薬缶が湯気を立てる事務所では、いつもの三人が、小作のご婦人がたの土産を囲んでいた。

もう誤魔化しは効かぬと、零は事の顛末を、できるだけ穏やかに桜子に話した。ただし、桜子の武勇伝は伝えていない。知らぬが仏である。全ては弥生に潜んだ黒姫のせいとした方が都合が良い。

「私、庸子さんの気持ち、分かる気がするんです」

桜子は干し柿を手に呟いた。ヘタを摘まみ、ゆらゆらと揺らしてそれを眺める。

「庸子さんは、自分の本当の心を隠していなきゃいけない辛さから、源三さんとの縁談に逃げたんだろうなって。自分を救い出してくれる、白馬の王子様に見えたんじゃないかしら。私は……そんな人が現れなかったから、ただ家出しただけ。どちらの道になるかは、紙一重だったのよ、きっと」

　心の奥底にある根に同調する部分があった。そのため、憑依された意識はなくとも、庸子の思いが桜子に残ったのかもしれない。

　それから桜子は、パクリと干し柿を食べ、顔を上げた。

「弥生さんは、これからどうするのかしら？」

「それは、ご自身で決められるでしょう。しかし、お話は伺えるかと。何せまだ、謝礼を頂いていませんから」

「踏み倒されたら如何する？」

　ハルアキは毛布を被ってストーブに当たりながら、零に意地の悪い目を向けた。上着も掛けずに放置されたから、機嫌を損ねているのだ。零は苦い顔をした。

「……その時は、六壬式盤で捜してもらいます」

　結局、ハルアキに探してもらう必要はなかった。翌日、御影弥生が事務所にやって来たのだ。髪を結いまとめ、灰色の肩掛けを羽織った彼女は、別人のように柔らかい表情をしていた。

「本当にありがとうございました」

薄化粧の面持(おもも)ちは、さらに美しさを増したように見える。

「お体は大丈夫で？」

「ええ、手が少し痛いだけで」

弥生が両手に巻いた包帯を見せると、桜子が反応する。

「あら、私もなのよ。なぜか犬に噛まれた痕が……」

「桜子さんのは気のせいですよ、気のせい」

冗談めかしながら、零が三人分の紅茶をテーブルに置いた。

「失礼ですけど、これからどうされるんです？」

そう言って、桜子が干し柿を勧めながら長椅子に向き合う。

「母の故郷に越す事になりました。警察にも相談したんですけど、両親の犯した罪は、刑事罰を科すものではないとの事で」

弥生の言葉に零が頷く。

「形の上では、庸子さんがご自身の意思で蔵に住んでおられた、という事になりますからね」

「でも、もうあの家には居られません」

弥生はカップに軽く口を付け、すぐさまテーブルに戻した。

「小作の皆さまに田畑をお譲りして、お屋敷と、私の服も処分します。そのお金で、新しいお祭りの道具を揃えようかと」

「皆さん喜ばれるでしょう」

弥生は清々（すがすが）しい表情で顔を上げた。

「無一文にはなりますけど、今度は、私が両親を支えていく番です」

「それが良いです、弥生さんならできますよ」

零は静かに紅茶を口にした。

「ところで」

と弥生が、今度は桜子に顔を向け、テーブルに風呂敷包みを置く。

「もしお気に召せば、ですけど、上京されて間もないと伺って、良ければ使っていただけませんか？　本当に気に入っているもの、少しだけですが」

風呂敷包みを解いた中には、見覚えのある洋服が入っていた。

「え、いいんですか！」

桜子の目が輝く。そして遠慮なく、印象的な柄のワンピースを手に取った。肩に当て、くるりと回ってみせる。

「こういうのに憧れてたの！　嬉（うれ）しいわ」

「入るのか？」

ハルアキに言われて、桜子は口を尖らせた。

「入れるわよ」

弥生はフフフと笑った。


「もし近くにお越しの際は、是非お立ち寄りください」

弥生は丁寧に頭を下げて立ち去った。

謝礼を入れた封筒に添えられた一筆箋。そこには丁寧な字で、新たな生活を始める地の住所が書かれていた。

ハルアキはニヤニヤと零を見た。

「あの女子、そなたに惚れたな？」

「なんでそうなるんですか？」

「新居に寄れとは、社交辞令ではよくあるが、ご丁寧に住所を知らせてきよった。それに、服じゃ。身近な女子に己の面影を残していくとは、女の執念とは恐ろしいものよ」

「考えすぎですよ。そんな事をしなくても、私は弥生さんの事は忘れませんし」

零はそう言いながら、謝礼の封筒を覗き込む。

「こんなに金払いの良い依頼人は、滅多にいませんからね」

「外道めが」

「ねえ、いつ鰻を奢ってくれるんですか？　こんな素敵なお洋服もあるんだし、洋食でもいいわ」

「両国に良い寿司屋があると申しておったな」

桜子は風呂敷の中を物色しながら声を弾ませた。

ハルアキにも言われ、零は慌てて謝礼を懐に隠した。

「ツケが溜まってますので、それが払い終わってから……」

「えー……あ、また貧血が……」

桜子が倒れるフリをする。

「分かりましたよ。……神田明神の前に美味しい蕎麦屋（そばや）がありますので、そこに……」

「違うでしょ」

「行き飽きたわ」

文句を垂れつつも、桜子とハルアキは出かける支度を始めた。

桜子はワンピースの上にコートを羽織り、クロッシェ帽を被る。ハルアキはシャツの上にヨレヨレの上着を着て、キャスケット帽を頭に載せる。

苦々（にがにが）しい顔を浮かべつつも、零もトンビコートを肩に掛けた。

先に行く二人を追いながら、零は空の事務所を振り返る。

——明日からの予定はない。果てさて、どうしたものか……。

「早くー」

「今行きますよ」

バタンと閉めた扉で、汚い字で書かれた貼り紙が揺れた。

——『絶賛仕事募集中　犬神怪異探偵社』——

# 第弐話――鴉揚羽

## 【壱】予告状

――大正十年、梅の頃。

巷(ちまた)では、とある人物が話題になっていた。

――怪盗・鴉揚羽(からすあげは)。

新華族(しんかぞく)ばかりを狙う盗賊だ。神出鬼没で、誰も姿を見た者はいない。

ならばなぜ、鴉揚羽の犯行と分かるのか。それは、標的に「予告状」を送り付け、犯行後には「礼状」を残していくという、実に気障(きざ)な真似をするからだ。

もちろん警察も、この探偵小説紛(まが)いの怪盗を放置している訳ではない。威信をかけてその姿を追っているのだが、尻尾すらも掴めていないのが現状である。

だから、新聞や雑誌は連日、鴉揚羽の記事を書き立てる。

中には義賊と持て囃(はや)す者も出る始末。皆、その正体に興味津々で、市電の車内、ふらりと立ち寄った蕎麦屋なんかでも、会話の端に耳にするほどだ。東京中が探偵気取りで推理をひけらかしていた。

椎葉桜子も例外ではなかった。『犬神怪異探偵社』に出勤すると、暇そうに新聞を眺めている犬神零の前に立ち、ドンと机に手を置いた。

「な、何ですか！」

驚いて新聞から顔を上げた零に、桜子はニヤリとして見せた。

「私、鴉揚羽の手掛かりを掴んだかもしれないわ」

そう言って桜子は、顎に手を当てる。

「犯行日よ。奴は、だいたいひと月おきに犯行をしているのよ」

「それで？」

仕方なさそうに合いの手を入れる零に、桜子は不満げな顔をした。

「鴉揚羽を捕まえる大手柄を立てられるかもしれないのに、何よ、そのやる気のなさは」

そして、身を乗り出す。

「――そろそろなのよ、次の犯行時期が」

「あぁ、それならここに書いてありますね」

零は見ていた新聞記事を示す。

「警察も総力を挙げて、次の標的がどこなのか、探っているようです」

出鼻をくじかれた桜子は、ムスッと口を尖らせた。

「……じゃあ、次の標的を当ててご覧なさいよ。あなた、探偵でしょ？」

すると今度は、零がニヤリとした。

「先程、ハルアキと話していたんですがね……」

彼はそう言うと、机に地図を広げる。

「――多分、ここです」

彼の指は、神田明神を示していた。


桜子が事務所で働き始めて二ヵ月足らず。仕事にも慣れてきた。

神田明神の裏手、下町の裏路地に佇む瀟洒な洋館。ここの二階に、犬神怪異探偵社は間借りしている。桜子はそこで、留守番兼雑用係として雇われているのだ。

主の犬神零は、類稀な美貌を持つ青年。長身に柄物の着物を着流した様子は、その容貌と共に浮世離れしている。その上、どこか得体の知れないところがあるため、桜子は、必要以上に関わらないでおこうと決めていた。

事務所にいるのは、彼の他にもう一人。居候のハルアキ少年だ。大抵、隣接する納戸に閉じこもっている。可愛い顔をしているのだが、こましゃくれたガキンチョで、一度しっかり礼儀を教えてやらなければと、桜子は機会を窺っていた。

……と、ここまでは良いのだが、桜子の頭を一番悩ませているのが、仕事のなさである。

路地に掲げた蒲鉾板の看板にも、やる気のなさが表れており、毎日閑古鳥が鳴いている始末。このままでは給料も払われなくなりはしないかと、彼女は心配している。

そこで桜子は、無気力な探偵を奮起させ、大手柄で世間の注目を集めようと、鴉揚羽の情報収集をしていたのだ。

……そんな零が、鴉揚羽の次の標的を神田明神と示したのには驚いた。

桜子は目を丸くした。

「どうしてそう思うんです？」

すると零は、机の端に置いた金平糖の瓶を手に取った。

「鴉揚羽が盗みに入った屋敷は、これまでに六軒。その位置関係が気になりましてね……」

そう言って零は、地図の左寄りに金平糖をひとつ置いた。

「まず、一軒目。鳴海子爵邸。早稲田というから、この辺りです。二軒目は、藤松陸軍中将。日本橋は、この辺りですか」

そして、地図の右寄りに金平糖を置く。

三軒目、神宮司男爵。四軒目、佐倉子爵。五軒目、黒田海軍少将……。零は名前を挙げながら、地図に金平糖を並べる。

「そして、六軒目の、加納男爵。大手町ですので、ここですね」

地図に置かれた六つの金平糖。それを眺めて零は腕を組んだ。

「どうです？　何かの形に見えませんか？」

「何かって言われても……」

桜子は首を捻る。そこに現れたのはハルアキである。彼は先程零が指した神田明神の位置にキャラメルの包みを置くと、ペン立ての万年筆を走らせて、金平糖とキャラメルとを線で繋いだ。

「ああ！　勝手に書かないでください。使えなくなってしまうじゃありませんか」

「また買えば良い。……これでも分からぬか？」

万年筆で描かれた形を見れば、桜子にも分かる、特徴的な柄杓の形……。

「――北斗七星、ね」

「左様。……ですから、鴉揚羽の最後の標的は、ここ、神田明神付近かと」

しかし……と、桜子は訝しい目を地図に向ける。

「あまりにもこじ付けじゃないの？」

するとハルアキが、呆れるような顔で桜子を見上げた。

「知らぬのか、江戸の街に築かれた結界を」

「知る訳ないじゃないの」

桜子は言い返す。零は苦笑した。

「こういうのは、特定の知識がなければ気付かないものです」

零は地図に目を戻し、北斗七星を指でなぞる。

「鴉揚羽が侵入した全ての屋敷の近く、つまり北斗七星を示す位置に、神社や史跡がありますす」

「神社なんてどこにでもあるでしょ」

「ところがそれらには、共通する点がありまして」

「……平将門（たいらのまさかど）、じゃな」

ハルアキが言うと、零はコクリと頷いた。

――徳川家康が征夷大将軍（せいいたいしょうぐん）に任じられ、江戸を居城と定めた時から、その計画は始まった。

治世の安泰のため、家康は高僧天海に命じ、江戸の街に結界を作らせた。それは幾重にも張り巡らされた、非常に強固なものだった。

そのうちのひとつに、当時の江戸で信仰の厚かった、平将門を祀ったものがある。

江戸の鬼門を護る神田明神を中心に、彼の信仰した妙見菩薩を表した北斗七星の形に、彼にゆかりのある神社を配置したものだ。平将門は平安時代、関東を平定し『新皇』と称したために、朝敵となり、討伐された人物。そのため、『祟り神』として恐れられている面もあった。それを天海は、北斗七星の結界を築く事で、『鎮守』として江戸の守護神に転じたのだ。

「……と考えてみるとですね、次に狙われるのは、神田明神のあるこの近辺。しかも、明治以降に取り立てられた新華族となれば……」

零は地図に目を落としたまま眉根を寄せた。

「——多分、この屋敷だけ」

「えっ……！」

桜子は仰天した。

「じゃあ、早く警察に連絡しないと」

しかし、零は首を横に振った。

「鴉揚羽もそこを読んで、ここを最後にしたのでしょう。神田明神は柄杓の繋ぎ目ですから、ここが抜け落ちていては、桜子さんがそうであったように、北斗七星だと理解するのは難しいです。それに、将門公の結界と言ったところで、科学が信奉されているこのご時世、警察が相手にしてくれるとも思えませんし。……何より、私、警察が大の苦手なのです」

聞くところによると、零は過去に「見た目が怪しい」と、逮捕された事が二度あるらしい。どちらも濡れ衣だったのだが、彼は警官の制服を見ると蕁麻疹が出るほど嫌っているようだ。

しかし、それとこれとは話が別だ。

「そうは言っても、このまま見逃す訳にはいかないでしょ」

「だからですね」

零はニヤリと桜子を見上げた。

「私たちで、鴉揚羽を捕まえてしまいましょう」

その言葉に、桜子とハルアキは顔を見合わせた。

「この人が、やる気を見せたわ」

「天変地異が起こるぞ」

「そこまで言わなくてもいいでしょう」

零は苦い顔をして、地図上の金平糖をひとつ口に放り込んだ。

「気になるんですよ。このような不可思議な犯行を働く鴉揚羽とは、一体何者なのか。……ただの盗人ではない気がします」

ハルアキが残りの金平糖を集め、まとめて頬張る。

「そなたの予想が当たっているなら、警察には手が出ぬじゃろう」

桜子はキャラメルの包みを剥きながら、二人の顔を見比べた。

「じゃあ、鴉揚羽の正体って、何なの？」

零は机に肘を置き、指を絡めた。

「——陰陽師、ではないかと」

この二人が陰陽師の一族だという話を桜子も聞いていた。だから、警察には見えていない、鴉揚羽の意図が分かったのかもしれない。

瓶から金平糖を取り出し、零は続けた。

「これだけ目立つ犯行を続けてきたにもかかわらず、警察は手も足も出ない。もしかしたら、目眩（めくら）ましの術なんかを使ってるかもしれません。そして、北斗七星の結界です。……鴉揚羽には、盗み以外の目的があるのではないかと、そんな風に思えましてね」

「となると、警察よりも、我々の方が専門家である」

ハルアキが零の手から金平糖の瓶を奪う。

「警察を呼ぶのは、捕まえてからでいいでしょう」

「本当に大丈夫かしら？」

桜子は疑いの目を零に向けた。

「大丈夫です。うちには頼りになる陰陽師がいますから。……ねぇ、師匠」

零がニコリと顔を向けると、ハルアキは目を逸らして立ち上がった。

「余を当てにするな。自分で言い出した事であろう、自分で何とかせい」

と、彼は金平糖の瓶を持って納戸へ向かい、バタンと扉を閉めた。

「……ねぇ、あのガキンチョが師匠って、どういう事なんです？」

「いつも舐められてますので、持ち上げたつもりでしたが、通用しなかったようですね」

零は苦笑しながら茶箪笥に向かう。

「あ、私は結構ですので……」

事前に不味い紅茶を断れる程度に、桜子は犬神零の行動を読めるようになってきた。探偵社という場所にいるから、自然と洞察力や推理力が身に付いてきたのだろう。

ならば……と、桜子はニコリと笑って顎に指を当てた。

「――ここに優秀な助手がいるじゃない」

すると零は、薬缶の取っ手を持ち損ない、アチッと声を上げた。

「あ、桜子さんは、事務所の仕事がありますので……」

「別にいいわよ。業務外のお手当とかなくても」

「いや、そういう意味ではなく……」

「だって、鴉揚羽の大捕り物よ。ワクワクするわ」

「相手は盗賊ですよ。危険すぎます」

「あら、こう見えて私、薙刀が得意ですの」

「よーく知ってます」

「……何でよく知ってるの？」

「あ、いや、その……」

しどろもどろになった零は頭を掻いた。

「弱りましたね……」

桜子は腰に手を当て、零を見据えた。

「とにかく。前みたいに、私を置いてけぼりにするのは許さないから。いいですね？」

零は諦めたように天井を仰いだ。

——その時。事務所の入口の扉がコンコンと叩かれた。

二人は一斉に顔を向ける。

扉の先にいたのは、紺色のワンピースに白のエプロンという、メイド姿の若い女だった。マガレイトに結った髪に、笑窪（えくぼ）が目立つ愛嬌のある美人。この屋敷の女中の一人、キヨだ。

だがキヨの表情には笑みがなかった。彼女は部屋に入るなり、慌てた様子で声を上げる。

「零さん、大変なんです！　こんなものが郵便受けに入ってて」

そう手渡されたものは、二つ折りにされたカード。表に黒い揚羽蝶の模様が描いてある。それを見た零の表情が変わった。

慌てて中を開く。桜子も覗き込み、二人は同時に叫んだ。

「「――鴉揚羽の予告状！」」


キヨに連れられ、零と桜子は事務所を出た。

桜子がこの屋敷の、事務所以外の場所に入るのは初めてだ。

この屋敷は、明治初期に建てられた煉瓦造りの洋館。代々軍人の家柄である。

二階の東端にある事務所は、家人を通さず来客を迎え入れられるよう、路地に面した外階段と、住居部との廊下を区切る扉で、独立した造りになっている。装飾は、玄関ホールに飾られた絵程度で、剥きだしの木組みが武骨な内装である。

かつて秘密の会合に使われたその場所は、今は探偵社として、零に貸し出されている。

事務所前の廊下は、窓に突き当たると右に折れ、すぐに観音開きの扉がある。普段は閉まっているこの先が、屋敷の本館だ。

キヨが扉を押し開ける。

するとそこは、別世界だった。桜子は目を瞠り嘆息した。

繊細な織り模様の絨毯敷きの廊下、白い壁に並ぶ丁寧な細工が施された扉の数々。

桜子が踏み出すのを躊躇していると、キヨがクスクスと笑った。

「どうぞ。ご主人は一階でお待ちですから」

キョロキョロと見回しながら、桜子はキヨの後に従う。

廊下を左に折れた先、吹き抜けに下がる硝子のシャンデリヤ。その前に鎮座する大きな柱時計。時計が見下ろす階段の、踊り場の壁一面を彩るステンドグラスを見た桜子は、思わず「はぁ～」と溜息を漏らした。

「凄いですよね」

零が囁いた。

「凄いなんてモンじゃないわよ。どうして今まで黙ってたんです？　ここのご主人、何者なの？」

「伯爵夫人です」

「エッ……！」

桜子は息を呑んだ。慌てて身なりを整える。しかし所詮、モダンガールっぽく取り繕った、量産品の安物だ。

「厳密に言うと、元伯爵夫人です。ご主人とご子息を亡くされて、爵位は途絶えました」

「……そう、なんですね……」

階段を下りた一階で、まず目に入るのは、二手に分かれ弧を描く階段の中央に鎮座する、大理石の台座。目線ほどの高さのあるそこには、印象的な形の花器が飾られている。

「こちらが応接間です。……どうぞ」

キヨに促され、その正面にある玄関の右手の扉を、零に続いて桜子も入る。

アラベスクの壁紙、美しい装飾の家具、大理石の暖炉……。気品のある調度品に囲まれて、ひとりの貴婦人が座っていた。

「こんにちは、多ゑ(たえ)さん。ご紹介が遅れました。こちら、先月から事務所のお手伝いに来ていただいている、椎葉桜子さんです」

零に紹介された桜子は、どぎまぎしながらも精一杯丁寧に挨拶した。

「そんなに畏(かしこ)まらないでくださいな。私(わたくし)、楢崎(ならさき)多ゑと申します。どうぞお掛けになって」

零に合わせて、ゴブラン織りの長椅子に腰を下ろす。向かいで微笑む多ゑは、白髪混じりの髪を耳隠しに結い、品のある着物を優美に着こなしている。所作全てが貴婦人と呼ぶに相応しい。

……だが、と、桜子は首を傾げた。キヨから予告状を受け取る仕草が、まるで手探りのようだ。

するると、零が耳元に囁いた。

「多ゑさんは目が不自由なのです」

「なるほど……」

桜子は神妙な顔をして畏まった。

「キヨさんからお話はお聞きになりましたかしら？」

多ゑの言葉に、零は腕組みした。

「はい。実は、次はこちらのお屋敷が狙われるのではないかと、話していたところなのです」

「あら、そうなんですの？　うちには、泥棒に狙われるような宝物なんてございませんのに。私、こんな手紙が来るなんて、本当に驚きましたわ」

そう言って多ゑは、大理石のテーブルに予告状を置いた。そこには、新聞の文字の切り抜きがこう並べられている。

――光消ヘシ夜、御宝ヲ頂戴シニ参上仕ル　怪盗　鴉揚羽――


「……どう思われます？」

多ゑは焦点の合わない目を二人に向けた。

「私には、このお屋敷の全部がお宝に見えますけど」

桜子がそう言うと、銀盆を手に戻ってきたキヨが笑った。

「本当、そうですよね」

そして、テーブルにティーカップを並べる。

「怪盗が欲しがるくらいだから、何か特別なものなんでしょうけど、姉にも私にも、心当たりがないんです」

「予告状は誰が見付けたのです？」

すると、キヨと同じ格好をした、もう一人の女中が答えた。

「私です」

――キヨの姉のカヨだ。彼女はキヨよりも背が高い。カヨは耳の下で切り揃えた髪をサラリと揺らし、テーブルの中央に焼き菓子の皿を置く。

この女中姉妹は、度々事務所に顔を出すので、桜子も知っていた。愛想の良い妹のキヨに対し、ぶっきら棒なほど無表情な姉のカヨという、対照的な姉妹だ。

　カヨは、マヌカン人形のような表情をして続けた。

「朝食の片付けが終わって、庭の掃除に出た時、郵便受けを見たら、入っていました」

「朝、キヨさんが新聞を事務所に届けてくださいましたね。その時はなかったんですか？」

「はい。あの郵便受け、そんなに大きくないから、何か入っていたらすぐ分かりますもの」

　零の問いに答え、キヨは窓の外を指した。その先にある鉄の門扉。そこに郵便受けがあるのだろう。

「という事は、予告状が入れられたのは、朝食時から片付けまでの二時間ほどの間、という事になります。そして、郵便配達にしては時間が早い。つまり……」

　零は顎に手を当ててニヤリとした。

「鴉揚羽の手下、もしくは、鴉揚羽本人が直接、入れたのでしょう」

　桜子は目を丸くした。

「えっ……！」

「さすが探偵さんですこと。ご相談した甲斐がありましたわ」

　多ゑは微笑みながら紅茶を口にした。桜子も釣られてティーカップを手に取る。

……そして、豊かな味わいに再び目を丸くした。同じ紅茶でも、淹れる人によって
こんなに味が違うとは。
それから桜子は、零を横目に尋ねる。
「……警察には、お届けにはなりませんの？」
すると多ゑはホホホと笑った。
「何かの間違いや悪戯かもしれませんし。お忙しい警察の皆様に、ご足労を願うほど
の事ではありませんわ。本当に、盗まれて困るようなものなどありませんもの」
――何と大らかな。本物の貴婦人は格が違う。桜子は思った。
「では、予告状はしばらくお預かりします。もし、ここにある『御宝』の心当たりを
思い出されましたら、お知らせください」
そう言うと、零は立ち上がった。

応接間を後にした零は、玄関を出て屋敷の門に向かった。郵便受けを確認するのだ
ろう。探偵助手として、桜子もついて行く。
煉瓦造りの屋敷に違わず、庭もまた立派なものだ。時期的に緑は少ないが、紅白の
梅の花が目に眩しい。
「素敵ね。清々しいわ」

桜子は思い切り伸びをした。

「こんなところで、記念写真なんて素敵ね。夜会服を着たりなんかして」

「きっとお似合いですよ」

零は桜子に笑顔を向けた。この美貌に調子のいい事を言われると、悪い気はしない。

「……冗談よ」

桜子は照れ隠しにぷいと顔を背けた。

花壇（かだん）の間を抜ける石畳を行くと、その突き当たりに鉄の門扉がある。それを支える煉瓦の門柱に、郵便受けの取り出し口があった。

零はツカツカと歩み寄り、鉄製の蓋を持ち上げた。なるほど、柱の内部に作られた狭い空間で、何かあれば見落とす事はないだろう。

それから二人は、門扉から外に出た。裏通りに人影はまばらだ。学生帽を被った子供が、学校へと急ぐ姿があるくらい。

零は山茶花の生垣沿いに進み、事務所の筋向いの家に向かう。下町風情溢れると言えば聞こえはいい程度の、粗末な家だ。

そして硝子障子を叩くと、割烹着姿のおばさんが顔を出した。その顔を見て、桜子は声を上げた。

「あっ！」

それはおばさんも同じだった。

「何だい、まだ仕事は続けてるのかい」

弛んだ目元を細めて、おばさん――サダは、二人を居間に案内した。

サダは桜子に良い印象を持っていないようだ。以前、桜子が仕事中に昼寝をしているのを見ているのだから仕方がないとはいえ、それは桜子にとっても、あまり気分の良いものではない。

サダは卓袱台(ちゃぶだい)に零と桜子を座らせて、湯呑を置いた。むっつりとする桜子を見もせずに、彼女は零に顔を向けた。

「どうしたんだい。珍しいじゃないか、あんたから来るなんて」

「サダさん、毎朝、前の通りを掃除されていますよね？」

「やってるよ。玄関を掃くついでだからね」

「それでなんですけどね……」

零は声を低めて身を乗り出した。

「今朝、いつもは見ない人が通りませんでしたか？」

……つまり、零はサダが、予告状を入れた犯人を目撃していると睨んだのだろう。

しかし彼女は、首を傾げただけだった。

「さあね。知らない顔は見なかったよ」

「そう、ですか……」

　零は顔を戻し首筋を掻いた。

「ここの道を毎朝通る顔はみんな知ってるけどね、今朝は見なかったよ、知らない顔は」

　そう言ってから、サダは天井を見上げた。

「でもね、珍しいのなら通ったよ。……八百銀（やおぎん）の小僧が。朝早くに珍しいと思って声を掛けたらね、神田明神の朝市の手伝いだって」

「小僧、ですか……。どんな子供です？」

「七、八歳かねぇ。あんたんとこの居候と同じくらいだよ」

◇

　サダの家を出た零と桜子は、今度は神田明神に向かう。

「八百屋の小僧とかいう子供が、気になってるんです？」

　道中、桜子が聞くと、零は腕組みした。

「はい、少しばかり」

「でも、子供でしょ？　まさか、鴉揚羽なんて事……」

「いや、ないとは言い切れませんよ。使い走りの手下だったら、十分に考えられます」

「まぁ、確かにそうね」

桜子は顎に手を当てた。

「――それにしても、鴉揚羽ってどんな人物なのかしら」

「新聞や雑誌では、予告状や礼状を残すところから、自己顕示欲が強く、礼儀正しい紳士という印象が出来上がっていますね。しかし、どうも腑に落ちません」

「どうして？」

「まるでアルセーヌ・リュパンです。型にはめてしまっては、それ以外の人物像だった場合に見逃してしまいます。ですから、子供という可能性も、完全に捨てたくはないですね」

……一理ある。鹿撃ち帽にトレンチコートではない、へんてこな探偵だっているのだから。

神田明神の参道は、今日も賑わっていた。

だが、参道脇に並ぶ露店は片付けられているところが多かった。時刻は昼近く。朝市には遅い。

茣蓙（ござ）に並べた野菜を籠（かご）に戻している露店に目を付け、零は店主に声を掛けた。

「ひとつよろしいですか？」

「もう終わりだよ」

無愛想に振り返った初老の婦人は、零を見ると、途端にニヤケた表情を浮かべた。

「何だい、ひとつと言わず全部持ってきな」

顔が良いのは得である――桜子は思った。

「いや、申し訳ないんですがね、野菜ではなく、情報が欲しくてですね」

欠けた前歯を見せる婦人に、零はニコリとして尋ねた。

「今朝、朝市に八百銀さんは来ておられましたか？」

「来るもんかい、あんな大店（おおだな）」

婦人は参道を見渡した。

「ここは、近くの農家が売りに来る場所さ」

そう言いながら、婦人は零に大根を押し付けた。

門前町（もんぜんまち）の蕎麦屋。

零は大根の束を脇に置き、かけ蕎麦を啜った。結局、情報代にとまとめ買いしてきたのだ。

桜子は箸を指に挟んで手を合わせた。少し早い昼食は、天麩羅蕎麦。零は渋い顔をしたが、桜子は気付かないフリをした。

「……本当に八百屋の小僧が怪しいとは思わなかったわ。その小僧を調べれば、鴉揚羽に繋がる何かが出てきそうね」

桜子は蕎麦を箸で手繰る。

「はい。……しかし、それはそれで腑に落ちません」

「どういう事？」

「簡単すぎるんですよ」

蕎麦を啜りながら、桜子は眉根を寄せた。

「半年もの間、警察が躍起になって捜査している怪盗の尻尾が、こうも簡単に掴めますかね」

「いいじゃない。早く捕まれば、こっちは安心だし」

天麩羅をサクリと食べる桜子を眺めて、零は笑った。

「桜子さんのそういうところ、私は好きですよ」

「煽てたって、天麩羅はあげませんよー」

桜子は海老の尻尾をパリパリと齧った。

「となると、次は八百銀に聞き込みね」

「そうしたいところですがね……」

零は、女将が持ってきた重箱を受け取り、苦笑した。

「ハルアキが拗ねますので、一度、事務所に戻ります」

桜子は、すっかり彼の事を忘れていた。確かに、「余を置いて蕎麦を食ってくるとは！」とか喚きそうだ。

「ところで……」

桜子はニヤリと零を見た。

「あんな大豪邸に、どうやって入り込んだの？」

すると零は、蕎麦を喉に詰まらせてむせ返った。恨めしそうに彼女を睨む。

「今それを聞きますか？」

「だって気になるじゃない？」

桜子は目を細めた。零は困った顔を見せたが、仕方なさそうに口を開いた。

「二年前ですかね。その頃、私は各地を放浪してましてね、たまたま神田祭りに寄ったんです。そこで……」

女物の財布を手に走ってくる男を見付けた零は、それがスリだと直感した。咄嗟に足を出して転ばせると、スリはその勢いで頭から砂利に突っ込んだ。伸びてしまったスリの手から財布を取り上げ、どうしたものかと見下ろしているところに、騒ぎを聞きつけた警官がやって来て……。

「……あ、聞かなくても分かるわ」

桜子は哀れんだ目を零に向けた。

「はい。最初の誤認逮捕です。危うく傷害事件の犯人にされるところでしたよ。財布の持ち主である多ゑさんと、一緒にいた、カヨさん、キヨさんが証言してくれなかったら……」

零は肩を竦めた。

「その後、お礼にと屋敷に招待されましてね。女世帯で不用心だから、用心棒代わりに下宿しないかと誘われまして」

「なるほど……」

桜子はかき揚げをつゆに浸した。

「でも、ちょっと気になるのよね……。なんであんな立派なお屋敷なのに、三人しか住んでないの？　ご主人一家が多ゑさん一人だとしても、色々お仕事はあるでしょ、執事とか料理人とか」

零は蕎麦を食べる箸を止めて、気まずそうに桜子を見た。

「それは、私からは言えませんね……」

……気になる。

桜子が考えていると、零は手早く蕎麦を啜って立ち上がった。

「行きますよ。ハルアキが怒ります」

「ちょ、ちょっと待って……」

桜子は慌てて蕎麦を平らげ、零を追った。

屋敷に戻る頃には、昼時を過ぎていた。

外階段に向かう途中、聞き慣れない声がして、二人は足を止めた。勝手口の方からだ。

覗いてみると、土間に少年が座っていた。年恰好(としかっこう)はハルアキくらい。ダボダボの綿シャツ、これまたダボダボのズボンに前掛け。頭に載せたハンチングから、坊主頭が覗いている。

「今日は小松菜が安いよ」

少年は籠の野菜を、上がり端(はな)に屈み込むカヨとキヨに見せる。

「とっても新鮮だよ」

「今日は寒いし、煮物がいいわ」

「なら、牛蒡と人参でどうだい？　安くしとくよ」

甲高い声でハキハキと商売する様は、我儘放題のハルアキよりも、随分と大人っぽい。

「大根ならありますよ」

零はそう声を掛け、大根の束をカヨに渡した。

「朝市で頂きました」

「あら、立派な大根ね」

「なら、今夜は田楽で決まりだね。里芋も一緒にどうだい？」

「そうね、じゃあ里芋をくださいな」

少年はてきぱきと、里芋をキヨの持つ桶に移す。

桜子は少年に笑顔を向けた。格好は薄汚れているが、女の子みたいな可愛い顔をしている。

「偉いわね、こんな歳でお仕事なんて。坊や、お名前は？」

「平吉。八百銀の小僧だよ」

「……八百、銀？」

ハッとする桜子に気付かない様子で、キヨがニコニコと答えた。

「ひと月くらい前からかしら。御用聞きに来てくれるようになって、助かってるの」

「週に何回か、この辺のお宅を回ってるんだ。またよろしくな」

そう言うと、平吉少年はズボンのポケットから林檎(りんご)を取り出し、桜子の手にポンと置いた。

「じゃ、毎度あり」

平吉少年はそう言って、天秤棒(てんびんぼう)を担いで出て行った。

「……あの子、もしかして……」

その後ろ姿を見送りながら、桜子は零に囁いた。

「でしょうね……」

零は目を細めた。

## 【弐】御宝ノ行方

事務所に戻ると、案の定、ハルアキの声が飛んできた。

「遅いぞ！」

「すみません。私たちは外で済ませましたので、これで」

零が重箱を差し出すと、ハルアキはひったくってテーブルに向かった。

「ありがとうの一言くらい言えないの？　あんたくらいの歳で働いてる子だっているのよ」

「余には関わりのない事じゃ」

　ハルアキはそう言って、天重に箸を突っ込む。

「先程、下に来ていた者であろう」

「見ていたのですか」

「あの者は油断ならぬ。毎日のように、この辺りをうろついておる」

「週に何回かって言ってたわよ」

「変装しておる。気になる少年ではありますね」

「確かに、気になる少年ではありますね」

　そう言いながら零が紅茶の準備をしようとするので、桜子はそれを阻止するために慌てて流しに向かった。

「さっき、あの子にもらった林檎を剥くわ」

　すると、ハルアキが鋭い声を飛ばした。

「ならぬ！」

「……は？」

　あまりの剣幕に、桜子は目を丸くした。

「今すぐ捨てて参れ」

「林檎は関係ないでしょ」

「今すぐにだ！」

今までこんなに険しい表情のハルアキを見た事がない。桜子は首を竦めた。

「せっかく貰ったのに、いくら何でも失礼じゃない」

そう言って、彼女は机に林檎を置いてプイとそっぽを向く。

「やれやれ……」

苦笑しながら、零は紅茶缶を桜子に差し出した。

「空になってしまいました。すみませんが、キヨさんに貰ってきてくれませんか？」

◇

――二人になった事務所では、ハルアキが不機嫌そうに天重をがっついている。

この林檎を見てから、ハルアキの機嫌が悪くなった。何か特別なものなのかと気になり、零は林檎を取り上げようと手を伸ばした。すると、再びハルアキが制した。

「触るでない」

零は苦々しく溜息を吐き、机に腰を預ける。

「そろそろ、種明かしをしていただけませんか？　この林檎に、何があるのか」

ハルアキは、だしの染みた海老天をパクリと口に入れ、答えた。

「あの小坊主から、式神の気配がした」

「式神、ですか――！」

零は目を丸くした。

「あの者、ただの陰陽師ではない」


――陰陽師。

偏にそう呼ばれる者にも、様々な流派がある。

同時に、陰陽師が扱う式神にも、安倍晴明が扱う「十二天将」から、土着呪術に用いる「犬神」や「蠱毒」まで、多種多様なものが存在する。

その全てにおいて、式神とは恐ろしいものだ。使役者の能力が低ければ取って喰われる。

逆に、式神を扱う技量を持つという事は、その陰陽師に高い能力がある証でもある。

そしてハルアキは、畜生や虫けらから作り出されたものを、決して式神とは呼ばない。荒ぶる鬼神を高い能力で従えさせた存在のみを、彼は式神と呼ぶ。

それは独特の気配を発するため、式神使い同士であれば、感じ取れるものらしい。

常人には分からない感覚である。

そして、このハルアキこそ、陰陽道宗家の祖である安倍晴明が、千年もの間、転生を繰り返してきた姿なのである——と、本人は言い張っている。

実際、彼は強力な式神を扱えるし、占星術や呪術の知識も深いので、あながち嘘ではないのかもしれない、と零は思っていた。

ともあれ、ハルアキ以外に式神を扱える者がいるとは驚きだ。

明治に入り、陰陽寮は廃止され、陰陽師と名乗る事すら許されなくなって久しい。

そんな状況の中で、あの子供が式神の技法を習得しているとなると……。

「私も気になっていたのですよ。これを見てください」

零はハルアキに予告状を見せた。カードの表に描かれた蝶の模様——揚羽蝶の家紋だ。

「——これ、土御門家の家紋ですよね？」

「家紋など、同じものを使う家はいくらでもある」

「しかし、鴉『揚羽』という名前といい、無関係とは思えないんですよ」

「見栄えがするからじゃろう」

「土御門家なら、強力な式神の技法が残っていても不思議はないですよね」

「知らぬ」

「――平吉少年は、あなたの子孫じゃないんですか？」

「子孫と言うな」

「いや、子孫でしょ」

要するに、平吉少年は、土御門家の血を引く正統の陰陽師である可能性が高い、という事だ。

ハルアキは、不貞腐れて沢庵を齧っている。自分の子孫が犯罪者だと認めたくないのだろう。

零は机の端に置かれた林檎を眺めた。

「……しかし、式神とこの林檎にどのような関係が？」

「式神は、その姿形も能力も多種多様じゃ。中には、相手に食われる事でその能力を発揮するものもある。排泄(はいせつ)されて体から出るまで、食った者を操るという能力をな」

「…………」

「だから捨てよと申したのじゃ」

零は頭を搔いた。想像しただけでグロテスクだ。

「しかしですよ。もしこの林檎が、その式神を宿しているとして、捨てた先で誰かが拾って食べたら厄介ではないですか？　誰が憑依者かも分からない事態は、避けるべきではと」

「ならばどうする？」

ハルアキは空になった重箱に箸を置き、零を横目で睨んだ。

「いっそ、腐るまでここに置いておくのはどうです？　誰も食べられない状態になってから、捨てても構わないでしょう」

「ならば、あの女子が盗み食いをせぬよう、そなたが責任を持って隠せ」

「はいはい、分かりましたよ」

零はそう言うと、そっと林檎を摘み上げ、引き出しに納めて鍵をした。

「これでいいでしょう。しかしそうなると、あの少年、更に怪しいですね……」

零は、予告状が投函された時刻、先程サダに聞いた話と、神田明神で得た裏付けを話した。

「そして彼はここひと月、この辺りに出没している。そう考えると……」

ハルアキにチラリと目を向け、零は顎を撫でた。

「あなたのような子供もいるし、全く不思議はないですね」

「ならば、どうするのじゃ？」

「少し泳がせてみましょう。目的が分からない事には、こちらもやりにくい。あとは……これです」

零はテーブルの上の予告状を開いた。

「この内容ですが、どう思われます？」

ハルアキは目を細め、並べられた印字を眺める。

「……光消えし夜、か。真っ当に考えれば、新月じゃろうな」

「新月に何か意味があるのです？」

「新月、即ち『月立ち』じゃ。最も力が満ちる。事を起こすには最適じゃろうて」

「なるほど……」

「それよりも、これじゃ」

そう言うと、ハルアキは予告状を手に取った。そして窓に向ける。

「何かあるんです？」

「気付いておらぬのか、これに」

ハルアキに示されて、零はハッとした。

――透かし模様で、六芒星が描かれている。

「これは……」

「余の紋は五芒星じゃ。六芒星は使わぬ」

ハルアキは非常に険しい顔をしている。……それもそのはず。六芒星は、安倍晴明の好敵手であり、一度は晴明の殺害を成功させた、蘆屋道満が好んだ紋とされている。

安倍晴明からの直系である土御門家を示すと思われる揚羽蝶に、芦屋道満の六芒星。

そう考えると、非常に不釣り合いな組み合わせである。

　零は目を細めた。

「そうなると、お宝とは何か、気になりますね……」

◇

　――一方。

　桜子は厨房でキヨと話していた。

「あの人の淹れる紅茶、本ッ当に不味いのよ。キヨさんが淹れたのと何が違うのかしら？」

　するとキヨは、笑窪を見せて笑った。

「多分、蒸らしすぎじゃないかしら。お湯を入れてから三分くらいが、丁度いいんですよ」

　キヨはそう言い、茶葉を詰めた紅茶缶を差し出す。

「あと、茶葉の量も多すぎるかも。減るのが早いもの」

「キッチリ伝えておくわね」

　紅茶缶を受け取り、桜子は少し迷った後、キヨに尋ねた。

「……ねぇ、なんでこんな立派なお屋敷なのに、三人しか住んでないの？」

キヨは驚いた表情を見せたが、すぐに笑顔に戻り、桜子に椅子を勧めた。

「この辺の人はみんな知ってる事だし、お話しするわ」

使用人の休憩場所にしているのか、厨房の隅に簡素なテーブルと椅子が置かれている。そこに桜子が掛けると、キヨはお茶の準備を始めた。

「このお屋敷、元はと言えば、先代の仁兵衛（じんべえ）様という方が爵位と共に、明治政府から賜ったものなんです」

――楢崎（ならさき）仁兵衛。

激動の幕末期、攘夷（じょうい）か開国かで揺れる中、「人斬り」として暗躍（あんやく）した者たちの一人。その多くは斬首されたが、中には時流を鋭く読み、維新後、明治政府によって取り立てられた者もいた。

仁兵衛は転身を繰り返した末、最終的に政府側に立っていた。そのため、明治政府の樹立に貢献したとされ、子爵という爵位と共に、この地に屋敷を宛てがわれたのだ。

「帝国陸軍の少将にまでなったお方なんですけど、すぐに西南戦争で亡くなったんです」

「それは……」

キヨからティーカップを受け取り、桜子は深い香りを嗅いだ。

「殉国（じゅんこく）の功績で、爵位が伯爵に上がって、ご家族のご身分も保証されたそうです」

桜子はキヨに勧められるまま、焼き菓子に手を伸ばす。

「そして、仁兵衛様のご子息で、多ゑ様のご主人の巌（いわお）様は、海軍大尉として出征された日露戦争で……」

「それは不憫ね……」

「でも、不幸はそれで終わらなくて……多ゑ様は、ご愛息の勇（いさむ）さんも、欧州大戦で失われたんですよ」

さすがに掛ける言葉もない。桜子は黙って紅茶を飲んだ。

「その上、多ゑ様ご自身も目を悪くされて。……あと、私たち姉妹の両親は、執事と女中頭をしていたんですけど、多ゑ様のご病気から間もなく、立て続けに……」

「えっ……！」

「そんな風だから、噂された時期があったんです。このお屋敷は呪われているって」

キヨはティーカップを手に微笑んだ。だがその瞳には、深い悲しみの色が満ちていた。

「使用人は、みんな辞めてしまいました。残ったのは、私たち姉妹だけ。多ゑ様をお守りしなさいという、両親の遺言もありますけど、私たち、多ゑ様に実の娘のように良くしていただいたので、そのご恩返しに」

「そうだったのね……」

　桜子は再び焼菓子を手に取った。

「……失礼な言い方になるけど、それなのになんであの人、このお屋敷に居ついたのかしら？」

「零さんの事？」

　キヨは悪戯っぽい笑顔を見せる。

「間違えて逮捕されたって話、聞きました？　釈放（しゃくほう）に身元引受人が必要だったから、お財布を取り返していただいたお礼に、多ゑ様が保証人になって、その流れで。……事情は話したんですけど、そういうのは大丈夫だからと言われて。よほど住む所に困っていたみたい。いい方なんだけど、少し変わったところがあるわよね、零さん」

　そう言ってキヨは笑った。

「極悪人かもしれないわよ。多ゑさんに取り入って、養子に入ろうって魂胆かもしれないし」

「それはないわ」

　キヨは桜子のカップに紅茶を注ぎ足した。

「多ゑ様は常々仰ってるの──自分で楢崎家は終わり。亡くなった後は、屋敷を政府にお返しするって」

「そう、なのね……」

「だから、ね……」

キヨは気遣うような視線を桜子に向けた。

「桜子さんも、遠慮なく辞めていいのよ。言いにくかったら、私から零さんに伝えてもいいし」

桜子はハハハと手を振る。

「私、そういうの、全ッ然気にしないの。呪いとか妖怪とか、今まで一度も関わった事がないし。もし本当にあるんなら、この目で見てみたいものだわ」


桜子は紅茶缶を手に厨房を出る。

久しぶりに同世代の女性と気兼ねなく喋ったからか、足取り軽く階段に向かった。

この屋敷は、左右対称の凹字型(おうじがた)をしている。凹の窪みにある玄関を入った正面に、左右から弧を描く形で配された階段がある。

そして、弧に囲まれた中央部に、大理石の台座。人一人が屈めば入れるほどの台座の上には、立派な花器に活けられた季節の花が飾られていた。これも、カヨかキヨが手入れをしているのだろう。これだけの屋敷の家事を二人で担うとは、大変な仕事だ。

「たまには、お掃除のお手伝いくらいしようかしら、どうせ暇だし」

そう独り言を呟くと、声がした。

「あら、その声は桜子さんかしら？」

振り返った先、玄関横のテラスに置かれた籐椅子（とういす）に、多ゑが座っていた。

「多ゑさん、こんにちは」

桜子はテラスに向かった。柔らかい日差しが心地よい。

「予告状の事は、何かお分かりになりましたの？」

多ゑに聞かれ、桜子は椅子の背もたれに手を置き、声を低めた。

「ここだけの話、尻尾は掴みましたよ」

「さすが探偵さんですこと。解決してくれると信じておりましたの」

多ゑはホホホと笑い、膝で丸まる猫を撫でた。真っ黒な毛並みがツヤツヤと光っている。首には、鈴の付いた首輪――

「……あ、この猫」

以前見た事がある。道に迷った桜子を探偵社に案内した、気味の悪い黒猫だ。でも今は、額に妙な紙切れは貼られていない。気持ち良さげに目を細めているだけだ。

「この子をご存知ですの？」

「え、ええ、まぁ……」

あの状況をどう説明すればいいのか分からず、桜子は笑って誤魔化した。

「飼っていらっしゃるんですか？」

「三年前だったかしら、庭に産み捨てられていて。可哀想なので世話をしているの」

「猫がお好きなんですね」

「ええ。自由でいいわ。好きな時だけ帰って来て、また不意に遊びに行ってしまうの。だから、そこに猫用の出入口が作ってあるのよ。いつ戻って来てもいいように」

言われて桜子は、テラスの端を見た。……壁の下方に、猫一匹がやっと通れるくらいの穴が開けられ、蝶番で小さな扉がぶら下げられている。実に贅沢な猫だ。

「私もこの子みたいな、そんな生活がしてみたかったわ」

多ゑのその言葉が意外で、桜子は驚いた。

「失礼ですけど、こんな素敵なお屋敷に住んでいらっしゃるんだから、何も不自由はないのかと思ってました」

「あら、正直なお方ですこと」

多ゑは笑った。

「私、昔から遠い異国に憧れていて。主人が海軍の将校だったでしょ？　ですから、よく異国に行っていましたの。そのお土産があちらこちらに飾ってあるんですけど、そんなものを貰うよりも、私も連れて行って欲しかったわ」

きっちりと帯を締め、背筋を伸ばして籐椅子に座る多ゑの様子とは、あまりにも印象が違う。

「私、絵画が好きでしてね。そこに描かれている景色を、一度でいいからこの目で見てみたかったの。でもやっぱり、軍人の妻である以上、家を守らなければなりませんもの。その代わりにと、主人がこの庭を拵えてくれましたのよ。私の好きな印象派の画家の世界を、この庭に」

「道理で素敵なお庭だと思いましたわ。ご主人の愛が込められているんですね」

桜子は、梅と常緑樹が見せる鮮やかな対比を見渡した。

「……もしかしたら、ご主人の異国土産の中に、凄い値打ち物があったりとかしません？　鴉揚羽が興味を持つような」

「そうねぇ……私、そういうものの価値がよく分からなくて」

多ゑは首を傾げたものの、ふと思い立ったようにこう言った。

「そうだわ。お屋敷のご案内がてら、ご覧になる？」

桜子は多ゑの手を引いて屋敷を行く。

テラスの右手の食堂。西洋料理店のような空間の奥に、大きな食器棚が鎮座している。

「こちらがドイツのもの、こちらは英国の王室御用達のもの、これはスペインの磁器する。

人形。……どうです？　値打ち物はあるのかしら？」

桜子には価値が分からない。それだけに、盲目の多ゑが気安く触る様子にヒヤヒヤする。

「全部素晴らしいものですわね」

多ゑの手から磁器人形を受け取り、桜子はそっと食器棚に戻した。

次は、玄関ホールを抜けた応接間。アラベスクの壁には、何枚かの絵が飾られていた。そのどれもが、事務所横のホールに掛けられているものと似ている。

「この画家さんの絵が好きなの。フランスの方なんですけど、あちらではジャポニズム、つまり、日本をモチーフにした作品が流行っていますの。ほら、この踊り子、着物を着てますでしょ」

「へ、へぇ……」

それからも、多ゑは桜子の手を引き、屋敷のあちこちを見せて回った。唐三彩に象牙の彫刻、古代エジプトの壺やペルシャ織りのタペストリー……。

桜子の実家も裕福な方ではあった。だがここは住む世界が別次元だ。目にする全てがとんでもない宝物に思えて、見ているだけで神経を使う。

最後の部屋に入る頃には、桜子の頭はクラクラしていた。

「こちらが、私が一番気に入っているお部屋ですのよ」

屋敷の西側の最奥、食堂と対称の位置。その扉の先は、不思議な空間だった。

洋間の一部に畳が敷かれ、茶室が仕立てられている。アーチ窓が並んだ向こうは、草木に囲まれた池。窓を額縁に切り取られた庭の風景は、幻想的ですらある。

「夏になれば睡蓮の花が咲いて、涼やかで良いのです」

そう言うと、多ゑは桜子を畳に導き、自分は炉の前に座った。

「一服お付き合いくださらない？」

「ご相伴にあずかります」

桜子はひとつ大きく息をして、背筋を伸ばした。

「こちらのお部屋もね、私の趣味に合わせて、主人が誂えてくれたの」

「素敵なご主人だったんですね。羨ましいです」

「私には勿体ないような人だったわ」

多ゑは手探りで器用に茶道具を整える。

「どこでお知り合いになられたんですか？」

「私が女学生の頃に、日清戦争があって。その時に、若い軍人さんを励ます手紙を書いたの。それをたまたま受け取ったのが、主人でね」

多ゑは盲いた目を細めた。

「返事に添えられていた写真に、一目惚れしてしまったの」

「ロマンチックですね」

「文面も知的で気遣いがあって、私が生涯を捧げるのならこの人だ、って思ったわ」

茶碗に湯が注がれ、茶筅が軽やかな音を立てる。

「けれど、両親は反対したわ。軍人に嫁いでも良い事はないって。それでも……」

――日清戦争から帰還したその足で、彼は多ゑの家を訪れた。

「不器用に敬礼する彼の手を取って、家を出てしまったの。ほとんど駆け落ちね」

「やだ。活動写真が一本作れますよ」

桜子はハンカチを目元に当てた。

「ただ、両親の言った事も間違いじゃなかったわ。せめて息子は、その道を選ばなくてもいいように……と願ったけれど、運命からは逃げられないものね」

風が木陰を揺らし、畳に落ちる影の模様が刻一刻と姿を変える。

「残酷ですね、運命って」

「ええ。……でも、私は恵まれていますわ。カヨさんとキヨさんが親身にお世話をしてくれるし、桜子さんもこうして、おばさんの気まぐれに付き合ってくださるんですもの」

多ゑはそう言って茶碗を桜子の前に差し出した。深く一礼して、桜子はそれを受け取る。不思議な色をした釉薬の茶碗に、泡立つ緑が映える。

「……そう言えば、そのお茶碗、皇族の方に頂いたものですのよ」

ホホホと笑う多ゑに対し、桜子の手は震えだした。


「……なんか、疲れたわ……」

事務所に戻った桜子は、紅茶缶をテーブルに置き、長椅子にドカリと身を投げた。

「随分長いお使いでしたね」

零は事務机に新聞を広げていた。

「調査ですよ、調査。多ゑさんに、お宝の心当たりを聞いてきたんです」

「どうでしたか？」

「どうもこうも、全部がお宝に見えて、私にはもう……」

ハハハと零は笑い、桜子の向かいに腰を下ろした。

「今ですね、鴉揚羽の過去の六件の犯行で盗まれた物を調べていたんです」

そう言って、零はメモをテーブルに置いた。……相変わらず読みにくい字だ。

一件目は金時計、二件目は仏像、それから、ダイヤモンドの首飾り、金塊（きんかい）、家宝の脇差（わきざし）、現金一万円……。

「……あれ、随分と陳腐（ちんぷ）ね、お宝にしては」

「そう思いますよね」

零は顎を撫でた。

「怪盗がわざわざ危険を犯してまで盗むものとは思えないんですよ。そもそも、新華族がお宝を持っているとも思えません。お宝を狙うならば、美術品や宝石を買い集めている新興財閥の方が、侵入先として相応しい気がします」

「となると、やっぱり、平将門の結界とか何とか、あれが理由って事？」

「そうとしか考えられませんね。これらの盗難品は、その目眩まし……」

桜子は腕組みをした。

「なら、結界の配置の他にも、この六軒のお屋敷に共通するものがあれば、鴉揚羽の狙いの手掛かりにならないかしら？」

「さすが桜子さん、素晴らしい推理です」

そう言われて、桜子は目を細めた。

「……何か怪しいわね。私を煽ててどうするつもり？」

案の定、零は気まずそうに頭を掻いた。

「お宝もですが、予告状にあった『光消えし夜』が問題なのです」

零は新聞の暦を桜子に示した。

「もし、『光消えし夜』が新月を示すものだとしたら、予告状にある日にちは、明日の夜」

「……はあ?」

　桜子は目を丸くした。

「すぐじゃないの」

「そうなんですよ。それまでに、少なくとも鴉揚羽の狙いを特定しなければ、この広い屋敷では待ち伏せもできませんからね。ですので……」

　零はニヤリと桜子を見た。

「ひとつ、お願いがあるのです」


——夕暮れ時の浅草は幻想的だ。夕焼けを切り取る凌雲閣の影に、並び立つ幟(のぼり)や看板を照らす街路灯。吉原へ向かう人力車が入り交じり、蠱惑的(こわくてき)な様相を見せる。

　そんな喧騒を抜けた裏通り。下宿の階段に向かうと、いつものように大家のシゲ乃が、半纏姿で煙管を燻らせていた。

「おや、今日は遅いんだね」

　桜子を見ると、シゲ乃は金歯を見せて煙を吐いた。

「新しい仕事が入って」

　鴉揚羽の調査をしていたなどと言うと面倒臭そうなので、桜子は誤魔化した。

「それは何より」

シゲ乃はニヤリとした。

「ところでさ、あんたんとこの探偵さん、いい人いるのかい？　知り合いからさ、年頃の娘に婿を探してほしいって頼まれてね。良かったら紹介してくれないかい？」

桜子は即答した。

「それだけは、絶対にやめた方がいいです」


扉を閉め、畳に上がる。四畳半の部屋には物が増え、生活感が溢れてきた。

「はぁ～、疲れた」

桜子は足を投げ出して座布団に腰を下ろした。

……自分から言い出した事とはいえ、探偵助手の仕事も楽ではない。桜子は肩掛け鞄から手帳を取り出し、メモをした頁を開いた。

零に頼まれた仕事とは、鴉揚羽の標的となった屋敷を見てくる事だった。

「桜子さん、住まいは浅草ですよね？　帰りに日本橋方面を回って、北斗七星の東側の三軒を見てきてもらえませんか？　足代は出しますので」

……と言われ、張り切って引き受けたはいいが……。

市電の乗り換えやら不慣れな土地やらで、足が棒になるほど歩き回った。

「でもまあ、足代の余りでお弁当が買えたし、良かったとするわ」

桜子は小さな卓袱台を手繰り寄せ、弁当を置いた。竹の皮を開くと、食欲を誘う香りが漂う。

「両国の焼鳥弁当、一度食べてみたかったのよね」

桜子は手を合わせた。

「いただきます」

そして、串を手にしつつ、メモに目を落とす。

——言われるまま見てはきたけど、これが何の役に立つのかしら？

## 【参】 怪盗現ル

——翌日。

「おはようございます」

事務所の扉を開けると、零の姿はなかった。当然、ハルアキもいない。

桜子は鼻歌交じりに前掛けを身に付け、掃除を始めた。棚の埃を叩（はた）き、床を掃き、机とテーブルを拭いてから、窓と床を拭く。

流しで濯（すす）いだ雑巾（ぞうきん）を手に、誰もいない事務所を眺める。いつも通り、暇だ。

ついでだし、廊下も掃除してこようかしらと、桜子は事務所を出た。

凝った意匠の硝子窓を拭いていく。普段から手入れが行き届いているので、汚れは目立たない。庭を見下ろすと、カヨが掃き掃除をしていた。通りには、ソフト帽やら学生帽やらが行き交っている。

……と、見覚えのあるハンチングを見付け、桜子は手を止めた。カヨは気付いていない。

──こんな時間に、何をしに来たのかしら。

桜子は慌てて外階段に出た。タタタッと下り、そっと通りに顔を出す。

小柄な体格、ダボダボの綿シャツ、ダボダボのズボン──間違いない、平吉少年だ。

「………………」

少し迷った末、桜子は彼を尾行する事にした。

人通りを縫うように、平吉少年は通りを進んでいく。さり気ない素振りでその後を追う桜子は、ある事実に気付いた。

──この道は、八百銀の方向とは違う。

平吉少年は手ぶらだ。しかし、散歩をしている風ではない。どこかに向かっている様子だ。こうなったら、行き先を突き止めてやるまでと、桜子は意気込む。

平吉少年は通りを離れ、路地裏へ入る。人通りはなくなり、狭い路地を早足に進んでいく。桜子は物陰に隠れながらその後を追う。

——と、角を折れたところで、平吉少年の姿が忽然と消えた。

「……あれ?」

桜子は周囲を見回した。しかし、壁や生垣に囲まれ、人が身を隠せそうな場所はない。

「どこに行ったのかしら?」

桜子は首を傾げた。

「ここだよ」

突然後ろから声を掛けられ、桜子は心臓が止まる思いがした。恐る恐る振り返る。

……すると屋根の上で、平吉少年がこちらを見下ろしていた。

「気付いていないとでも思った? 僕に何の用?」

その口ぶりは、昨日会話した八百屋の小僧のものではない。全くの別人。見た目とは違う、もっと大人の声。桜子はドキドキと脈打つ胸を押さえて、声を絞り出した。

「——あなたが、鴉揚羽なの?」

平吉少年はニヤリと口を歪めた。その鋭い視線は、桜子を硬直させるに十分だった。

「そうだよ」

声と同時に翼がはためく。漆黒の羽ばたきは旋風を巻き起こし、舞った砂埃が桜子の視界を奪う。

「キャッ！」

悲鳴を上げて両手で顔を被った、次の瞬間。

「…………」

桜子は誰もいない路地裏に呆然と突っ立っていた。ゆっくりと両手を下ろし、しばらくそのまま虚空を眺めていたが、やがて彼女は前を向いた。

「……戻らなきゃ」

呆然としたまま、桜子は路地裏を後にした。

◇

事務所に戻った桜子が扉を開けるのと同時に——

「——天一！」

鋭い声と共に、金色の光が彼女の目の前を横切った。

「キャーッ！」

驚いた桜子は尻餅をつく。……一体、何が起きたのか？

事務所の中を見ると、険しい顔で身構えるハルアキと……桜子と同じく、床にへたり込む零の姿があった。

「……何、してるんですか？」

色を失った顔の零に尋ねると、彼は震え声でハルアキに文句を言った。

「い、いきなり天一貴人はないですよ、ハルアキ。心臓が止まるかと思いました」

「これを斬るには、あれしか方法がなかったのじゃ」

ハルアキは床に落ちた紙切れを拾い、桜子の額に貼られたもう半分を剥がした。

「何、これ？」

「覚えておらぬのか。そなたは鴉揚羽の奴に一杯食わされたのじゃ」

ハルアキはそう言って、二枚の紙切れを繋ぎ合わせた。そこには、五芒星の模様が描かれている。

——あれ？　どこかで見たような……。

眉をひそめる桜子に、ハルアキが説明をする。

「額に貼った者の意識を操る呪符じゃ。初歩的な呪術じゃが、ひとつ、難点がある。術者自身が剥がさねば、被術者の意識が戻らぬ」

「………」

「その術を破るには、一息に五芒星を斬るしかない。この場で天一以外にそれができたと申すか」

　桜子は思い出した。

――ここに初めて来た時に、案内をした黒猫の額にあった妙な紙切れ。あれと同じものなのだ。という事は、あの猫を操っていた術と、鴉揚羽が使った術は、同じという事になる。

「いや、仰る通りです。しかし、これではっきりしました。鴉揚羽は、陰陽道宗家の系統の陰陽師であるという事が」

　零は冷や汗を拭って立ち上がると、桜子に手を貸して長椅子に座らせた。

「――と同時に、こちらの手の内も把握していると知らせてきた訳です。こちらに対処する術がある事を知った上での、その呪符でしょうから」

　桜子は呆然と二人を見比べた。

「何、どういう……」

「とにかく」

　言葉を遮り、零は真正面から桜子を見つめて表情を緩めた。

「桜子さんが無事で良かった」

「……ま、まあね」

　不意打ちのその顔に、桜子は思わず目を逸らし、赤面した頬を手で隠そうとした。

そして、自分が何かを握っている事に気付いた。

——丸められた紙切れだ。

しわくちゃになったそれを広げ、桜子は声を上げた。

「ちょっと、これ……！」

そこには、予告状と同じ新聞の文字の切り抜きでこうあった。


——十三ノ鐘ガ導ク、真闇(マヤミ)ノ星ニテ待ツ　怪盗　鴉揚羽——


それを見た零は表情を強張らせた。

「予告状の続き、ですか」

「いや、招待状であろうな」

ハルアキは長椅子の上に胡座をかいた。

「どういう意味でしょう？」

「知らぬ。……じゃが、この手紙はこの屋敷にではなく、そなたに宛てたものである事は確かじゃ」

「…………」

「奴は、そなたに何かをさせようと企(たくら)んでおるのじゃろう。そのために、逃げられぬようにこの女子(おなご)を使って接触を図ってきた」

「何か、とは？」

「自分で考えよ」

　零は頭を掻いた。

「しかし、やられっぱなしは癪ですね。何とか裏をかきたいところですが……」

　机にもたれ、零は桜子を見た。

「とにかく、今ある情報を検証してみましょう。……桜子さん、鴉揚羽に狙われた三軒のお屋敷、見てきました？」

　言われて、桜子は思い出した。

「そうそう、見てきたわよ」

「助かりました。では、私が調べた分と合わせてみましょう」

　テーブルに、桜子は手帳を、零は紙切れを広げる。

「私が調べた三軒は全部、煉瓦造りの二階建ての洋館でした」

「私もです」

「……それだけか？」

　ハルアキは目を細めた。

「それだけですよ」

　零はニヤリと顎を撫でた。

「しかし、これでひとつ分かった事があります。実は今朝、もう一軒回ってきましてね……」

そう言って、零は一冊の本を見せた。

「上野の図書館で借りてきました」

その表紙には――

「建築家名鑑？」

「はい。これによると、明治の初めに、東京で煉瓦造りの洋館の設計を請け負った建築家というのは、幾人もいません」

「それって、つまり……」

「七軒の屋敷の設計者が、同一人物である可能性が高いのです」

桜子は目を丸くした。

「……探偵って伊達じゃないのね」

「伊達だと思ってました？」

零はニヤニヤしながら本をめくる。

「屋敷の特徴からするに、恐らくこの人物ではないかと」

テーブルに開かれた頁には、立派な髭を蓄えた紳士然とした男の顔写真があった。

「……男川又八郎？」

「はい。英国に留学し、建築博士号を取得。工学博士の称号もお持ちで、倫敦時計塔の修繕にも携わっています。ご存命ではないようですが。……ここにある写真の屋敷、桜子さんが見てきた、加納男爵邸ではありませんか？」

「本当だわ……」

「しかし、それにどういう意味があるのじゃ？」

零は男川又八郎の写真に視線を落とす。

「恐らく、鴉揚羽の狙いは、屋敷自体」

ハルアキも難しい顔をして、じっと本を睨んでいる。

「そう考えると、申し訳程度の盗難品にも納得ができます。彼の目的は屋敷にあり、盗みは目眩まし。とはいえ、屋敷全体に用がある訳ではないでしょう。これら全ての屋敷に共通する一点……」

テーブルに広げられた本の頁、そして、桜子が握っていた鴉揚羽の手紙……。

ふと思い付き、桜子は呟いた。

「――時計」

「…………」

「見て、この人、倫敦時計塔の修理もしてたんでしょ？　それに、手紙にある『鐘』。柱時計の鐘だとしたら？」

「……なるほど、桜子さん、冴えてますね。洋館に柱時計は付き物ですから。このお屋敷にもありますし」

するとハルアキが不貞腐れた顔をした。

「じゃが、時計の鐘は十二までしか鳴らぬぞ」

「十二の次って事よ。つまり、深夜一時よ！」

ハルアキがしわくちゃの手紙を手に取る。

「だとすれば、『真闇ノ星』とは何じゃ？」

それには、三人も首を傾げるばかりだ。零はクシャクシャと髪を掻き回した。

「とりあえず、今晩、何かがありそうです。十分に警戒しましょう」

昼食後、桜子はカヨとキヨに事情を説明し、屋敷じゅうの戸締りを確認して回った。できる場所は心張り棒を置いたり縄で固定したり、念には念を入れる。

零とハルアキは、柱時計を調べたが、不自然なところは見当たらなかったようだ。

事務所に戻り、西に傾いた日を眺めながら桜子は伸びをした。

「今夜はここに泊まるわ」

「……え？」

零とハルアキは顔を見合わせた。

「ここの二階、今はあなたたちしか使っていないそうね。ご主人が亡くなる前は、客間に使ってた部屋が空いてるそうじゃない。そこで今晩泊まるから」

桜子はジロリと男二人に目を向けた。

「乙女の寝顔を覗くんじゃないわよ」

「覗きませんよ」

「誰が覗くか！」

困惑する二人を尻目に、桜子は腰に手を当てた。

「待ってなさい、鴉揚羽。絶ッ対、捕まえてやるんだから！」

——夜更け。

街灯の明かりがうっすらと室内を照らす。畳敷きの殺風景な部屋には布団が二組並び、片方ではハルアキが寝息を立てている。その横で、零は夜景を眺めていた。

……徐々に輪郭が見えてきた、鴉揚羽の正体。

北斗七星の結界に沿った屋敷を狙う、彼の目的とは何なのか？

朝、図書館に向かう前、零は八百銀に寄った。店主の話では、平吉という名の少年を知らないどころか、小僧を雇ってすらいないとの事だった。

それは予想通りではあった。だが、鴉揚羽が桜子をおびき出すという積極的な手段に出てきたのは予想外だった。泳がせて様子を見ようとしたのは、結果として失敗だった。桜子が無事でいた事を感謝せねばならない。

しかしどうも、こちらの様子が相手に筒抜けな気がした。桜子を誘い出すにしても、そう都合良くいくだろうか。それに、五芒星の呪符。……鴉揚羽は安倍晴明の子孫だとすると、ハルアキの正体を知っているのかもしれない。

揚羽蝶の家紋、式神、陰陽師、そこに異質として紛れ込む、六芒星の紋……。

どうも嫌な予感がする。ハルアキには極力、この件に関わらせない方が良いだろう。

零は腰の煙草入れを手に取る。煙管に刻み煙草を詰めたが……寝返りを打つハルアキを振り返り、煙草入れに戻した。

煙で目を覚まされると都合が悪い。そのまま煙草入れを、傍らの文机に置く。

ハルアキにも桜子にも、「鴉揚羽の侵入は深夜一時」と強調しておいた。それまでにしっかり仮眠を取るようにと。

零は桜子の推理を、全て信用している訳ではなかった。鴉揚羽がこちらの状況を把握しているのならば、予告の時間になど意味はない。こちらの動きを見て、都合の良いところで接触を図った方が、相手にとって遥かに安全だ。

……つまり、零が動きを見せれば、鴉揚羽はやって来る。

しかし、彼と対峙するには、解けていない謎が多すぎる。

……『真闇ノ星』。これは柱時計にその答えがあるのではと思ったのだが、ハルアキと二人がかりでも見付けられなかった。だが、桜子の言った「柱時計」という共通項は、間違いではない気がする。そこに、鴉揚羽の目的があるとすれば、真闇の星とは……。

零はふと顔を上げた。

……真闇ノ星。闇に光る星。

つまり、夜にしか現れないものだとしたら？

何らかの仕掛けで、夜にだけ光る細工が施してあるとすれば……。

鴉揚羽は、それを零が見付けるのを、待っているのではないか。


零は南の空を見た。星の位置からするに、十一時頃。

ハルアキも桜子も眠っている。

零はそろそろと出口に向かった。音を立てぬように扉を抜け、絨毯敷きの廊下を進む。

街路灯の明かりを眺めていたので、目が闇に慣れるのに時間がかかる。そのため、チクタクという音を頼りに、壁伝いに柱時計に向かう。

しかし文字盤に、夜光る目印があるようには見えなかった。

「…………」

どうやら思い違いだったようだ。一旦部屋へ戻ろうと零が再び歩き出したその時——

ヒュッ。

首筋を風が撫でた。ほんの小さな空気の揺れ。闇の中、周囲の気配に集中していなければ気付かなかっただろう。零は足を止めた。

ヒュッ。

再び空気が揺れる。煙草入れは文机に置いたまま。今は小丸の力を借りられない。目を閉じる。耳を澄ます。肌に神経を集中する。

——いるはずだ。闇夜に溶けて、じっとこちらを窺う何者かが。

フワッ。

柔らかい空気の流れを背中に感じる。全身が粟立つ。間違いない。今、後ろにいる。

「——随分と早いね」

声が耳元で囁いた。

「一時って言ってたじゃないか。それなのに今、一人で来るとはね。……君だけで、僕を捕まえられると思ったのかい？」

返事の代わりに、零は動いた。腕を強く振り、耳元の気配を掴む。しかし空気の流れを触っただけで、気配は背後にスッと動いた。

「随分な挨拶だね。君なら理解してくれると思ったんだけどな」

零は懐に隠した短刀を抜いた。陰の太刀――これだけは常に肌身離さず持っている。

この太刀は、斬るべき妖の正体を見極めねば、本来の姿は現さない。案の定、短刀は冴えない銀色の刀身を、窓から辛うじて入る薄明かりに晒した。この姿では紙も切れないが、脅し程度にはなるだろう。

零は気配めがけて刃を突き出した。空気が動く――が、腕の動きと混ざって気配が消えた。

「無粋なものを出すんだね。僕は殺し合いをしに来たんじゃない。話し合いをしに来たんだよ」

その声の方向に目をやり、零は息を呑んだ。

――零の正面。突き出した短刀の刃の先に、少年が立っている。

目深に被った洋風頭巾、膝丈ほどのケープから覗く乗馬ブーツ。全てが鴉のように黒い。そして全てに重さがないかの如く、指先にすら気配を感じない。

――何なのだ、こいつは！

零は慌てて短刀を引いた。するとフワリとケープを揺らし、少年は音もなく床に降りた。

「…………」

目の前にしたこの存在を、零は理解しかねていた。妖ではない。気配が全く違う。だからと言って、人間にあのような真似ができるはずがない。陰陽師だとしても、ハルアキが使う術とは別物だ。一体、何者なのか？

少年は一歩進み出た。薄明かりが頭巾の中を照らす。

……薄笑いを浮かべた白い口元。目元を隠す、漆黒の鴉面。

「自己紹介が遅れたね。僕は鴉揚羽。よろしくね」

◇

「…………」

目を開くと、隣の布団に零の姿はなかった。ハルアキは跳ね起きた。

――あやつ、抜け駆けしおったわ。許せぬ！

ハルアキは立ち上がり、四枚の人形を飛ばした。

「――玄武！　白虎！　朱雀！　青竜！」

だが式札は、ただの紙切れの動きでハラハラと床に落ちた。

……どうした事じゃ？

これらは『四神（しじん）の陣（じん）』のための式神だ。鴉揚羽が式神を使うと知り、その力を封じるために、侵入直前に張る手筈（てはず）だった。今のハルアキの力では、長時間維持するのは無理故の、侵入直前――苦肉の策だ。

だから時が来たら起こせと伝えてあったのだが……。

しかしそれより、現状を把握する事が先決だ。なぜ式神を召喚できないのか？

その理由はただひとつ。ハルアキが結界を張る前に、式神封じの結界を張られたからに違いない。結界とは、同類のものを重ねて掛ける事はできないものなのだ。先に結界を張られてしまえば、こちらは手出しができない。

――鴉揚羽め、抜かりのない奴じゃ。

ならばまず、鴉揚羽の結界を破る必要がある。この手の結界は、呪符や呪物を特定の図形に配置し、囲むもの。……恐らく鴉揚羽は、屋敷全体を結界で覆っている。寝室でこの有様なのだから、そう考えて良い。ならば、結界を構築する図形の一角を取り除けば、結界は効力を失う。

鴉揚羽の結界の支柱となる呪物として、心当たりがあるもの。

「……あれじゃ！」

ハルアキは部屋を出て事務所に急いだ。

——あの林檎！

ハルアキが、食うと発動する式神と言ったため、食えぬように机の引き出しに仕舞われている。ご丁寧に鍵を掛けて。

「おのれ、出せぬではないか！」

いくら引っ張っても、頑丈な引き出しはびくともしない。ハルアキは舌打ちした。

こうなっては、他の場所を探すしかない。鴉揚羽が宗家の陰陽道を会得（えとく）しているとすれば、結界の配置は五芒星。事務所に一角が設置された事を踏まえれば、位置的な見当は付く。

ハルアキは足音を忍ばせて廊下を進む。その右手の扉。

非常に入り辛いが、致し方ない。ハルアキはそっと扉を引いた。

薄暗い室内に、静かな寝息が響いている。部屋の中央にテーブル、奥の壁際にベッド……この部屋のどこかに、呪符か呪物があるはず。

息を殺して部屋に踏み込む。決して広い部屋ではないが、呪物という漠然としたものを探すにはあまりに広い。ハルアキはまず物陰を見て回る。椅子の裏、テーブルの裏、ベッドの下、カーテンの陰……しかし、それらしいものは見付からない。

残るは、ベッドの上——

「うーん」

　すると、桜子が寝返りをしてハルアキの方を向いた。

「…………」

　ハルアキは両手で口を押さえて息を潜めた。もし侵入がバレたら、半殺しだ。

　だが桜子は寝入っている。ハルアキは胸を撫で下ろした。

　桜子の様子を確かめてから、ハルアキはそろそろと手を伸ばす。慎重に枕の下に手を入れる。

　すると、何かが指先に当たった。

　そっと摘んで引き出す。固く折り畳まれた紙だ。

　広げると――結界に使う呪符である。これをこの場から持ち出せば、結界は効力を失うはず。

　部屋を出ようとハルアキは顔を上げた。すると、桜子と目が合った。

「…………」

　彼女は寝ぼけ眼でぼんやりとハルアキを見ている。ハルアキは凍り付いた。

　――頼む、このまま眠ってくれ。これは夢じゃ、夢なのじゃ……！

　だが、願い虚しく、桜子の口が動いた。

「……あんた、何してんの？」

「あ、いや、これにはだな、深い訳が……」

「この助平小僧（すけべこぞう）！」

「ヒイッ！」

ガバッと起き上がった桜子の張り手を屈んで避け、ハルアキは出口に走ろうとするも、暗がりの中、テーブルの存在を忘れていた。

――ゴンッ。

強かに頭を打って床に転がる。暗闇に星が飛ぶ。

「許さないから」

鬼気迫る足音が近付いてくる。

――まずい、何とかせねば殺されかねない。式神が使えれば……

「――使えるではないか！」

ハルアキは手にした呪符を思い切り引き裂いた。単純な事だ。こうすれば結界は壊れる。そうなれば、こちらのもの――！

「六合！」

すぐさま式札を投げる。宙を躍った人型の紙片が焔に包まれ、翁の能面に似た顔が現れた。深く皺を刻んだその眼が、見開いた桜子の目を捉え、スッと細められる。

「…………」

その途端、桜子は力を失った。バタンと床に倒れ——そのまま寝息を立てだした。

「……ふぅ」

ハルアキは冷や汗を拭った。

「……さて次は、零の奴を探さねば」

扉に向かい、ハルアキはふと足を止めた。ベッドに戻り、掛け布団を引っ張り下ろすと、桜子に掛ける。

「風邪を引かれてはたまらぬ故」

そしてハルアキは、タタッと部屋を飛び出した。

◇

零は短刀を構え、鴉揚羽と睨み合ったまま動けないでいた。

——現状の能力では、この少年に敵わない。下手に手を出したところで、あの得体の知れない動きで躱されるのは目に見えている。その上、先程のように背後に回られた場合、次も攻撃をされない保証などない。逃げる気になれば、彼にとっては欠伸をするほど容易いだろう。

……しかし、どうやって屋敷に侵入したのか？　桜子が厳重に施錠をしたのは確認した。扉や窓からの侵入は不可能だ。

まさか、ハルアキのように何かに変化したのか？　しかし、あれはかなりの上位式神だけが為せる技。この少年は、その能力を持っているというのか？

零の様子に痺れを切らしたのか、鴉揚羽は首を傾げた。

「……ねぇ、とりあえずその刃物を下ろしてくれないかな。そういうのは好きじゃないんだ」

幼い体格から発せられる威圧感は、こちらを大きく萎縮させてくる。とても少年と対峙しているとは思えない。

金墨で細く描かれた眼は無機質で、鼻を覆う尖った嘴は鋼のように冷たく光っている。

薄闇に辛うじて浮かび上がるその面を睨んだまま、零は手を下ろし、短刀を懐に収めた。この短刀では何の役にも立たない。そう悟ったからだ。

「賢明な判断だ。では、僕の話を聞いてもらおうか、探偵さん」

「おまえの目的は何だ？」

零が問うと、嘴の下で口がニッと動いた。

「一問一答形式か。悪くない」

鴉揚羽はそう言うと、ゆっくりと吹き抜けに向かって歩きだした。

「僕の目的は、君が察している通り、お宝なんかじゃない」

「………」

やはりこちらの考えは全て筒抜けだ。恐らく、事務所での会話の内容は全て把握されている。零の背中を冷や汗が伝う。

「僕の目的は、これさ」

鴉揚羽は黒い手袋に包まれた手を柱時計に置いた。

「君の助手君も優秀だね、これを見抜いたんだから。……これが、真闇の入口への鍵だよ。でも入口は、屋敷の主にしか分からなくてね。これまでの屋敷は、予告状を送った時点で、すぐに分かったんだよ。自分で動いてくれたから。でもこの屋敷には、その存在を知っている主は、もういないみたいだ。そこでだ――」

鴉の面が零に近付く。金色の目の奥には、何の光も感じない。

「君に協力してほしいんだよ。君ほどの洞察力の持ち主なら、その気になればすぐだろう？　……その上、僕の目的にも理解がある。……どうかな？」

心臓が高鳴る。息が詰まるほどの張り詰めた空気の中、零は口を動かした。

「――その入口の先には、何がある？」

「それを聞いたら、君は僕の提案に乗る事になるけど、いいかな？」

零の耳に囁きかけるその声は楽しげだ。だがそれは、すぐにチッという舌打ちに打ち消された。

「邪魔が来たようだね」

「――四神の陣！」

ハルアキの声と共に式札が舞い飛ぶ。それは風を切って二人を囲み、四方に留まると、瞬時に四柱の神獣へと姿を変えた。

――南を朱雀、西を白虎、北を玄武、そして東を青竜。古よりの鉄壁の護りである陣形だ。それを式神で再現した結界は、不落と言える。

だが、鴉揚羽に慌てる様子はなかった。

「あちゃー、式神封じの結界がもうバレちゃったのかぁ。流石だね、君は」

そう言うと、鴉揚羽は床を蹴って上に飛んだ。体重のない動きで天井に着地すると、今度は天井を蹴って横に飛ぶ。

「……でもね、上が空いてるんだよね」

ケープを翻して鳥のように宙を駆ける。それに向かい、ハルアキが式札を投げる。

「天一！」

しかし、式札が焔と化す前に、鴉揚羽が動いた。

「斬牙！」

鴉揚羽が鋭く手を振ると、指先に一瞬光が見え、式札は真っ二つに斬られた。

「ハルアキ！」

零は察した。あれは式神の一種だろう。詳しくは分からないが、強力な攻撃手段には違いない。そして、人間離れした速さ。ハルアキの式神では、対抗しきれない！

鴉揚羽は一直線にハルアキに向かって飛んでいる。しかし、こちらは四神の陣の内。結界がある限り、ここからは出られない。

やむを得ず、零は再び短刀を抜き、鴉揚羽めがけて投げた。

「……だから、無粋なものは嫌いなんだよ！」

鴉揚羽は空中で体勢を変え、乗馬ブーツでハルアキを蹴る。

「うぐっ！」

ハルアキが床に転がると同時に四神が消える。そして、一瞬前まで鴉揚羽がいた空間を刃が飛び去る。鴉揚羽は壁に着地し、重力を無視して壁を駆けていく。

零は飛び出した。床で呻(うめ)くハルアキを「失礼！」と飛び越える。

鴉揚羽は廊下を曲がり、事務所の方へ向かう。

「……クッ！」

追い付ける速さではない。しかしその先には二重に扉がある。屋敷と事務所を区切る扉と、外階段への扉。鍵を開くのに多少の時間がかかるはずだ。その隙があれば……。

しかし、廊下を折れると、扉は空いていた。ハルアキが事務所に出入りした際に、開け放してあったのだ。

鴉揚羽は悠々と廊下を走り――だが、その先で立ち止まった。

外階段への扉のノブが、縄で雁字搦めに縛られているのだ。

――これならば！

鴉揚羽は向きを変え、窓に向かう。こちらの鍵は閂ひとつ、空けるのは容易い。硝子窓はすぐに開かれ、鴉揚羽は身軽に窓枠へ飛び乗った。

――そこへ、零の手が伸びた。

「…………！」

風になびくケープの端を掴む。鴉揚羽はハッと振り向いた。

零が思い切りケープを引っ張ると、頭を覆う頭巾がするりと脱げる。

……そして、零は目を見開いた。

振り向きざまに揺れる、長い束ね髪。

「――――！」

……女、だと？

その一瞬の躊躇が致命的だった。

「斬牙！」

鋭い光が目前を奔る。

「クッ……！」

ケープを握る手に痛みが走る。血飛沫が弾け、反射的に握力が緩む。

その瞬間にケープは零の手を離れ、宙に舞った。

「僕に野蛮な真似をさせた君が悪いんだ。また、会いに来るよ」

黒いケープが蝶の翅のように羽ばたくと、その姿は闇に溶けた。

## 【肆】探偵ノ受難

「……ねえ、ねえってば！」

揺り動かされて目を開くと、窓の外はすっかり明るくなっていた。そして、酷く騒々（そうぞう）しい。

「早く起きてよ。大変なのよ」

零は声の主を見る。すると桜子がぷいと顔を背けた。

「男所帯の部屋になんて入りたくなかったわよ。でも、多ゑさんが大変だから、仕方なく……」

「何かあったんですか？」

ようやく零が起き上がると、桜子は腰に手を当てた。

「どうして起こしてくれなかったのよ」

「……あ……」

零は頭をモジャモジャと掻いた。

「夜中に鴉揚羽が出たそうじゃない」

恨めしい目で睨まれて、零は眉をひそめた。あの件はまだ誰にも言っていないし、ハルアキはまだ隣で寝ている。昨夜、鴉揚羽が張った結界の呪符探しに、明け方まで付き合わせたのだ。

——ならば、なぜ彼女は知っているのだ？

零の疑問を察した様子で、桜子は視線を窓に向けた。

「外を見てご覧なさいよ」

零はカーテンの隙間から通りを見下ろし、すぐにカーテンを閉めた。

「…………」

警官、新聞記者、野次馬（やじうま）が入り乱れて、黒山の人だかりだ。

「朝から警察に叩き起こされて、どうして予告状の事を言わなかったのかって、多ゑさんが取り調べを受けてるわ。早く行って説明してきなさいよ！」

零が応接間に行くと、険しい表情をした私服、制服の警官たちが、一斉に目を向けてきた。非常に気まずい空気だ。

「あんたが例の探偵かね？」

ソフト帽に口髭の刑事が、鋭い口調を零に投げる。

「は、はい……」

零は制服警官に両腕を掴まれ、長椅子に座らされる。向かいには、にこやかに微笑む多ゑが座っていた。

「おはようございます」

「お、おはようございます……」

口髭の刑事はゴホンと咳払いをした。

「では、話を戻しましょう――多ゑさん、あなたは予告状をこの男に渡したと？」

「はい、その通りですわ」

「なぜ、警察に連絡されなかったのですか？」

「先程お話ししたように、うちには盗まれて困るものなどございませんから」

「ならばあんたは、なぜ警察に届けなかった！」

口髭の刑事は、圧を込めた眼光を零に向けた。明らかに、多ゑに対する時と温度差がある。

　零は首を竦めた。

「なぜと言われましても……」

「ならば、質問を変えよう。あんたの身元を証明するものは？」

　そら来た……と、零は頭を掻いた。

「ありません」

「生まれは？」

「分かりません」

「どこで育った？」

「覚えていません……」

「両親は？」

「知りません」

　刑事は目を細めた。

「何のために、この屋敷に近付いた？」

「成り行き上のご縁で……」

　質問の流れから、零は察した。正体不明のこの怪しい男を、鴉揚羽に仕立ててお縄にしようという魂胆だろう。だが、零にはそれを否定できるものが何もない。

「昨日の深夜、何をしていたか証明できる者は？」

……ハルアキしかいない。しかし、ハルアキの身元を納得させる事など、零以上に困難だ。零は溜息を吐いて肩を竦めたが——

「——私が一緒にいました」

その声に驚いて、零は顔を上げる。応接間の入口に、桜子が立っていた。

「あなたは？」

「椎葉桜子。福島県南会津郡（みなみあいづぐん）出身。両親は太兵衛（たへえ）と清子（きよこ）、二川村（ふたかわむら）の村長をしておりますの」

桜子はツカツカと部屋に入ってきた。

「では昨晩、あなたはこの男と何をしていましたか？」

刑事に澄ました顔を向けて、桜子は答えた。

「今、職業体験に探偵助手をしておりますの。昨晩は鴉揚羽が来るかもしれないと、二人で待ち構えておりました」

刑事は疑り深い目を向けるものの、桜子には言い返せないでいる。

「予告状が来た件を警察にご連絡するのが遅れた件はお詫びいたしますわ。けれども、取り逃しはしましたけど、何も盗まれてはおりませんの。ですので、これは窃盗事件ではないのですのよ」

「しかし、鴉揚羽が現れたという時点で、調べぬ訳にはいかないのですよ」

「ならば、もう少し建設的なお話をなさったら？　その人は、鴉揚羽ではないんですもの」

「これは参りましたな……」

　刑事は苦笑して立ち上がった。

「まあいいでしょう。しかし皆さん、この屋敷からは出ないように。そして何か変わった事があれば、すぐに私に伝えてください。いいですね？」


　刑事たちが部屋を出て行った後、零は大きく息を吐いた。

「……助かりました、桜子さん」

　すると桜子は、口を尖らせて零を睨んだ。

「本当、役に立たないんだから」

「すみません……」

「まあまあ、お座りになって。カヨさんにお茶でも淹れてもらいましょ」

　多ゑはそう言って手元のベルを鳴らした。

「……ところで、なぜ警察にバレたのです？」

　零が聞くと、桜子は小声で答える。

「鴉揚羽本人から連絡があったらしいわ。この屋敷に忍び込んだって」

零は眉をひそめた。

「なぜそんな事を？」

「私に聞かれても知らないわよ」

そこへ、カヨがワゴンを押して現れた。ティーセットとサンドイッチの載った皿をテーブルに置く。

「ゆっくり朝食という雰囲気ではありませんものね。よろしかったら摘んでくださる？」

多恵に勧められ、零は頭を下げた。

「とにかく、それがあって、朝から警察やら新聞やらで、大変な事になってるのよ」

「それは参りましたね……」

零は頭を掻きながら、多恵に顔を向けた。

「多恵さんや、カヨさんキヨさんはご無事でしたか？」

「お恥ずかしいですけど、何も知らずに寝ていましたわ」

ホホホと多恵は手を口に当てた。

「零さんは、鴉揚羽をご覧になりましたの？」

「……はい」

バタバタしていて、まだ伝えていなかった。それを聞き、途端に桜子は身を乗り出した。

「やっぱりあの小僧だった？」

「それが、顔を隠していて分かりませんでした」

「やっぱり役立たずね」

桜子に睨まれても、零は何も言い返せない。正直、相手が女であるという油断から取り逃がしたのだ。

……しかし、鴉揚羽のあの雰囲気。とても少女とは思えない。

首を竦めながら、零は多゠に顔を向けた。

「その時、鴉揚羽は気になる事を言っていまして。……『真闇の入口への鍵』。鴉揚羽は、二階の柱時計をそう呼んでいたのです。心当たりはありませんか？」

「真闇、ねえ……」

多゠は首を傾げた。

「このお屋敷は日当たりが良いでしょ？　闇と言われても、心当たりはございませんわ」

桜子も腕組みして首を捻る。

「私が持たされた手紙にもあったけど、そういう言い方をするって事は、隠された真っ暗な場所って感じよね。たとえば、地下室とか」

「ここに嫁いで二十年以上になりますけど、地下室なんて見た事も聞いた事もありませんわ。……主人がもし生きていたら、知っていたかしら」

　それを聞き、零はハッと立ち上がった。


　警官が行き交う中を、零は小走りに事務所に戻る。そして、事務所の奥にある本棚に向かう。ここには、亡き楢崎巌大尉が持っていた書籍が残っている。何か手掛かりがあるかもしれない。

「ちょっと、急にどうしたのよ」

　桜子がサンドイッチの皿を抱えて、憤慨した様子でついて来た。零は返事もせず、次から次に本を引き出し、頁を捲っていく。この屋敷に関わるもの、楢崎仁兵衛に関するもの、明治政府樹立に関わるもの、平将門に関するもの。それらについての記載があれば、この屋敷の隠された秘密に、一歩近付く事になるだろう。

　手当たり次第に目を通すが、海軍将校だっただけあり、海路図や外国語の書籍ばかりで、それらに関する記載は見当たらない。

「…………」

　零は猛然と立ち上がり、納戸へ向かった。

まだ部屋で寝ているのか、そこにハルアキの姿はなかった。

納戸の四方にある棚には、事務所の本棚に入り切らなかっただろう数々の本が、雑多なガラクタと共に積まれている。零はそれらを取り出しては中を確認する。

彼には確信があった。この上なく妻を愛した夫である。屋敷に伝わる秘密があるとして、それが重いものであるならば、多ゑに隠しておいただろう。その隠し場所として、この事務所が最適なのだ。巌大尉はこの場所に、何か手掛かりを置いているはず……！

そして、ふと手を止めた。視線を部屋の角に向ける。

棚と棚の隙間に置かれた、金属製の黒い箱——金庫だ。片っ端(かたっぱし)から物を除けたために、その姿を現したのだろう。

零はその前に屈み込んだ。ダイヤルを引っ張っても、びくとも動かない。……と、ダイヤルの横に鍵穴を見付けた。もしかしたら、ダイヤルは使わずに、鍵だけで閉められている可能性はないだろうか。ならば、鍵はどこだ？

零は事務机に向かった。ここには、何に使うか分からない鍵がいくつか入っている。それらを試せば……。

「……あーっ、あいつ！」

急に桜子が上げた声を聞いて、零は我に返った。サンドイッチ片手に、窓の下の通りを眺める桜子の視線の先。そこに目を向けて、零はハッとした。

――平吉少年！

野菜の入った籠をぶら下げて、平然と人混みの中を抜けていく。これは見逃す訳にいかない。零は事務所を飛び出した。


野次馬たちを押し退けて、零は通りを走る。そして少年の肩に手を掛けた。

振り向いた平吉少年は、何食わぬ顔で愛想笑いを浮かべた。

「あ、大根のお兄さん。こんちゃっす」

零が睨むも、平吉少年はヘラヘラと続けた。

「勝手口に寄ろうと思ったんだけど、凄い人だから困ってたんだ。何かあったのかい？」

素知らぬ振りにも限度がある。零は目を細めた。

「なぜ警察に告げたんですか？」

「蓮根（れんこん）かい？　あいにく今の時期はないんだよ」

とぼける平吉少年の首根っこを掴んで、零は顔を寄せた。

「今から警察に引き渡す事もできるんですよ。ついて来なさい」

「今はこの通り、御用聞きの最中なんだよ。後にしてくれるかな？」

「あなたは八百銀の小僧じゃないでしょう」

するると、平吉少年はペロリと舌を出した。

「バレちゃったか。有名な店の名前を使えばよく売れるからさ。堪忍してくれよ」

平吉少年は零の手を引き外し、くるりと背を向ける。

「待て！」

零は平吉少年の前に立ち塞がる。

「あなたの正体をここで明かしても良いのですよ」

「正体って何の事だよ」

煩わしそうに睨み上げると、平吉少年は目を細めた。

「――まさか、僕が鴉揚羽とか言うんじゃないだろうね。証拠はあるの？」

あまりにも大胆不敵な挑発だ。零はじっと少年の目を見据えた。

「帽子を取ってください。そうすれば分かります」

すると平吉少年は、わざとらしくハンチングを押さえた。

「駄目だよ、これは大事な帽子だから」

「一瞬取ればいいだけですよ」

零は平吉少年の手を押さえ、その手ごとハンチングを浮かせた。

……ところが現れたのは、短く刈り上げられた坊主頭。昨夜の長髪はどこにもない。

零は戸惑った。

――その顔を見上げ、平吉少年はニヤリとする。そして彼は叫んだ。

「泥棒ーッ！　帽子泥棒ォーッ！」

周囲の視線が一斉に零を向く。

「この人が、僕の帽子を取ったんだ！　泥棒だよッ！」

平吉少年はそう声を上げながら、ハンチングを綿シャツの下に隠した。

「泥棒はどこだ！」

すぐに警官がやって来た。周囲にはいくらでも警官がいるのだから、当然だ。零は慌てた。

「違います！　勘違いです！　泥棒は私ではなく、この少年……」

零は指で示すが、そこに平吉少年の姿はなかった。

「署で事情を聞こう」

両腕を屈強（くっきょう）な警官に抱えられれば、零に抗う術（すべ）はない。

「……ちょっと、何してるのよ！」

騒ぎを聞き付け、桜子が外階段を駆け下りてきた。

「桜子さん、助けてください！」

「黙れ！　窃盗の現行犯逮捕だ。言い逃れはできんぞ！」

「違いますよ、違いますって！」

一斉に向けられる冷たい視線が痛い。零は天を仰いだ。

……三度目の誤認逮捕である。

◇

零が釈放され、屋敷に戻ったのは、夕闇が迫る頃だった。

屋敷の前の人混みは消え、門の前に制服警官が数人立っているのみ。

結局、盗んだはずの帽子はなく、帽子を盗まれたと訴えた少年もいない。勘違いだと分かった後も、警察の威厳を守るためだろう、零は身元を散々突っ込まれた。挙句に憲兵までもが出てくる始末。多ゑの口利きがなければ、彼は今晩留置場に泊まらねばならないところだった。

……それにしても、あまりに簡単に乗せられた。冷静さを欠いていたとはいえ、情けなくなる。夜風が肌に染み、零は首を竦めた。

多ゑに挨拶せねばと、零が玄関に向かうと、玄関ホールで刑事たちが騒いでいた。

そんな中に姿を見せたら、また何を言われるか分からない。零は扉の陰に身を潜め、様子を窺った。

「――撤収しろだと⁉」

朝、零の取り調べをした口髭の刑事が声を上げた。

「はっ。上からの命令です」

「上とは誰だ？」

「警視総監と聞いております」

「何だと‼　そんな馬鹿な！」

叫びながら、彼は部下と思われる若い刑事の胸ぐらを掴んだ。

別の刑事も詰め寄る。

「今晩また来ると、鴉揚羽自身が電報を寄越してきたんだぞ！」

「そんな事を私に言われても……」

若い刑事は泣きそうな顔で、強面（こわもて）の同僚たちを見返している。

「確認してくる」

また別の刑事が早足で奥に向かった。

「……あいつらだ」

口髭の刑事が苦虫を噛み潰したような顔をした。

「鴉揚羽の件になると、憲兵の奴らが出張（でば）ってくる。軍と警視総監との間で、何か取引があったのやも知れん」

「すると、この件は今後、軍の管轄(かんかつ)に？」

「分からん。だが、軍には逆らえん。……撤収するしかないだろう」

間もなく、奥に消えた刑事が戻って来た。電話で確認してきたのだろう。そして――

「撤収だ！」

と声を上げると、刑事たちは早足に散った。

「…………」

――きな臭い。それに、今晩、鴉揚羽が再び姿を見せると？　警察をも巻き込んだ鴉揚羽の目的とは、一体何なのだ？

零は眉根を寄せた。


零は多ゑに丁寧に礼を言ってから事務所に戻った。

薄暗がりの天井にぶら下がる電灯を灯す。すると、長椅子にハルアキが座っていた。

「桜子は帰らせた」

そう言って、ハルアキはポンとテーブルに何かを投げた。

「金庫は開けておいた」

「さすがハルアキ様ですね」

零はハルアキの向かいに腰を下ろす。

手に取ると、それは色褪せた手書きの冊子だった。表紙には、「男川又八郎」の署名がある。頁を開いて、零は目を丸くした。

「………これは」

まさしく、あの柱時計の図面だった。明治八年と記述がある。屋敷と同時に作られたものだろう。

細かい線が複雑に絡み合った図面を解読する術は零にはない。しかし、何か秘密が隠されている事さえ分かれば十分だ。

そして次の頁に描かれていたものは……。

「……階段前の、台座、ですね」

「左様。あれが真闇への入口じゃ」

零は顎を撫でた。

「しかし、何故こんな厄介な仕掛けをわざわざ作ったんですかね」

「鍵では、それなりの技術があれば、簡単に開けられてしまう。じゃが、完全に封じてしまうのも後々厄介じゃ。だから、仕掛けを知る特定の者しか中に入れぬようにしたのじゃろう」

「ではなぜ、こんな猿芝居をしてまで、それを私に教えるのですか？」

ハルアキが動く前に、零は根付をその鼻先に当てた。

「――鴉揚羽」

カタカタと顎を鳴らすそれは、目の前の少年を威嚇（いかく）しているように見える。

「……ハルアキはどこに？」

すると、ハルアキの顔をした少年はニヤリと口を動かした。

「あれ、バレちゃった？　なかなか上手く変装できたと思ったんだけど」

髑髏の根付が鼻の頭に噛み付こうとする。少年は苦笑した。

「大丈夫、部屋で眠ってるよ」

少年は長椅子に背を預け、脚を組んだ。

「今夜こそは、邪魔をされたくなかったからね。人を眠らせるのには慣れていても、眠らされるのには慣れてなかったみたいだね、彼は。呆気なかったよ。……けれど、面白い子だね。四神を使うとは、まるで安倍晴明じゃないか」

「なぜこんな真似を？」

少し声を強めると、少年はハハハと笑い声を上げた。

「怒ってるのかい？　君を逮捕させた事は謝るよ。どうしても、君とゆっくり話をしたくなってね。あの二人を、君から引き離したかったんだ。……しかし、どうして僕の正体が分かったんだい？」

「ハルアキは桜子さんの事を名前で呼ばないんですよ」

「なーんだ、最初からバレてたのか。君も食わせ者だね」

そう言うと、少年は癖のある髪を掴んでスポリと外した。下からは坊主頭が現れるが……さらにそれをガバッと外す。

「…………」

滑らかな長髪がサラリと流れた。そして、手拭いで顔を拭うと、ハルアキの顔はどこにもなく、挑発的な少女の顔になっていた。

黒目がちな目は抉るように零を見据え、薄桃色の唇が微笑む。あどけなさと鋭さを併せ持ったその表情には、どこか違和感がある。

鴉揚羽は口角をニッと上げた。

「この顔を見せたって事は、君はもう逃げられないけど、覚悟はいいかな？」

「あなたの話と――小丸次第です」

カチカチと動く根付を、鴉揚羽は物珍しそうに眺める。

「これは何？」

「犬神――私の相棒です」

「へえ、一度見てみたいな」

「あなたを喰い殺すかもしれませんよ」

「ハハッ、面白いね。……でもね、僕は君とゆっくり話をしたいんだ。その子を静かにさせてくれないかな？」

逃げたり攻撃をしたりする意思はなさそうだと判断し、零は根付を帯に挟んだ。

「――じゃあ、まずは本当の自己紹介から。僕の本当の名前は――土御門サナヱ」

――陰陽師の衰退は、明治維新後に始まった。

都が京から東京に移され、政治の仕組みが根本から変わっていく。その中で、長年政に関わってきた陰陽寮の廃止が決まった。近代国家に、暦や易の入る余地は残されていなかった。

太陰暦は太陽暦に代わり、最終的には、陰陽師という名すら奪われたのだ。

「……父上はね、幼い頃に父――僕の祖父に当たる人を亡くしてね。大きくなった頃には、先祖から千年もの間、大切に受け継いできたものを全て奪われていた。残されたのは、空虚な身分だけだったんだ」

「…………」

「僕は女だしね。しかも、ご覧の通り、大人になれない体なのさ――あ、言ってなかったっけ？　僕はこう見えても子供じゃないよ。君よりは年上だと思ってくれてていい。……生まれつきこんな風だから、表向きには、いない事にされていたのさ。でも逆に、そんな僕だからこそ、父上は色々教えてくれたんだ。陰陽師という名は失っても、培ってきた知識や技術が急になくなる訳じゃない。でも、そのままにしておけば、徐々に失われるのは間違いない。どんな形でもいい。受け継いできたものを誰かに伝えたい。けれども、兄たちには立場がある。でも僕なら、何の立場もないし、天社禁止令で逮捕されたところで、僕の事なんか知らないと言えば済むしね」

鴉揚羽の父親は彼女を書斎に招き、先祖から伝わる知識や技術を、事細かに教え込んだ。星の読み方、暦の見方、吉凶の占い方、妖の祓い方、結界の張り方、そして――

「……式神の使い方」

いつの間にか、鴉揚羽は黒い手袋をはめていた。甲の部分には、赤い糸で五芒星が刺繍されている。

「式神はね、父から学んで練習したんだけど、僕の力じゃ足りなくてね。完全体での召喚は無理だった。だから、式神の能力の一部だけを、僕の体を依代に降ろす方法を編み出したんだ」

鴉揚羽は立ち上がり、机の引き出しから林檎を取り出した。鍵の場所まで把握済みらしい。

「いきなり捨てられそうになって焦ったよ。せっかくの美味しい林檎だからさ」

そう言いながら林檎を放り投げると、人差し指と中指を立てた手を振った。

「斬牙！」

瞬間的に指が光る——いや、二本の指に重なって、光る刃が「召喚」されている。

そして光が消えると、林檎は真っ二つになって落ちた。あまりにも鮮やかな技に、零は感嘆した。

林檎を両手で受け取り、鴉揚羽は笑う。

「驚く事はないよ。これは、『思業式神（しぎょうしきがみ）』。ちょっと勉強すれば、自分で作り出せる程度のものさ。『悪行罰示式神（あくぎょうばっししきがみ）』である四神を召喚したハルアキとかいう子の方が凄いから。彼、天一貴人まで呼んだだろ？　一体何者なんだい？」

零は大きく息を吐いた。

この少女——に見える女陰陽師には、白旗を揚げるべきだろう。能力はともかく、探究心と創意工夫の努力は、ハルアキに勝（まさ）るとも劣らないのは確かだ。零は答える。

「それが、私にも分からないのです。成り行きで預かってますが、果たして何者なのか」

「ハハッ、適当だね」

鴉揚羽は半分に切った林檎の片方を零に差し出した。

「お腹空いただろ。食べなよ。……これは『操蘇竈（そうそそう）』じゃないから安心していいよ」

「……そう、そそそ？」

「『そうそそう』。あの子が言ってた、お腹に入って操る式神。ただ、彼はひとつ勘違いをしてたよ。あれは火を通さないとならないから、果物には使えないんだ。……その代わり、煮干しに仕込んで、猫を操らせてもらったよ」

……なるほど。あれほど厳重に施錠した中でも、猫なら、専用出入口から侵入可能だ。中から閂を外させれば、難なく侵入できたというカラクリか。それに、桜子が泊まった部屋の他、屋敷の各所に仕込まれていた結界用の呪符にも納得ができる。

「ついでに、これの種明かしもしておくよ」

鴉揚羽が林檎の芯に爪を立てると、爪楊枝ほどの棒が出てきた。

彼女は再び零の前に座り、それを慎重にテーブルに広げた。

きつく巻いて紙撚り状になったそれは、呪符だった。……しかも、二枚ある。

「こっちが結界用、こっちが盗聴用」

「………」

そう言って、鴉揚羽はハンチングの裏側を見せた。そこにも五芒星の刺繍がある。

「呪符が発信器で、帽子が受信器って訳。僕は『遠耳』って呼んでる。あんまり距離が離れると聞こえないから、何種類か作ってあってね、変装してこの辺をウロウロしてたんだよ」

「参りましたね……」

零は天井を仰いだ。対処が完全に裏目に出たのだ。しかし、ここまで用意周到にされては、どんな対処をしたところで、また次の手を打たれただけだろう。

「鴉面やケープにも、何か仕込んであるんですか？」

でなければ、暗闇でのあの動きに説明がつかない。案の定、鴉揚羽はニヤリとした。

「ご名答。鴉面の『鴉眼』はどんな暗闇でも目が効くし、ケープの『胡蝶揚舞』は体重を無にしてくれる」

そして、それらを使いこなす頭脳の明晰さと身体能力。警察が躍起になったところで歯が立たないのも納得だ。

……いつしか、すっかり日は暮れ、夜の帳が窓の外を覆い尽くしていた。

鴉揚羽はサクッと林檎を齧った。

「美味しいよ。僕は野菜や果物を見る目には自信があるからね」

苦笑しながら林檎に口をつけた零を見て、鴉揚羽が話を続ける。

「……随分話が逸れてしまったね。でも——ここからが本題だよ」

——土御門サナヱの父は普段、貴族院議員として政治の世界に身を置いていた。

東京の街は大きな変化の時を迎え、それに伴い、新たなる街づくりが計画されていった。

そのひとつが、『明治結界』。

「――江戸の街の結界は、そのままでは近代的な街づくりに不都合だったんだ。そのために、明治政府は新しい結界を築いた」

新たなる街は、神仏ではなく「人」によって守られるべき――そのため、靖国神社を中心に、四つの霊園が整備された。

「……けれども、どうしても動かせないものがあった」

――平将門の結界。

大都市東京のど真ん中に横たわる北斗七星。関東の鎮守であると同時に、徳川家康も恐れた祟り神を鎮めるための結界。その上を侵す事は、街に災厄を呼ぶと、反対の声が出た。

――サナヱの父も、その一人だった。

「でも、東京には鉄道が必要だと、環状線の計画が進んでね」

「山手線ですね。確かに、北斗七星を分断するような形です」

鴉揚羽はコクリと頷いた。

「最終的には、あの結界を放置しての工事は危険だから、結界の力を弱めるものを配置する事になったんだ。環状線が完成すれば、将門公をも封印する鉄の結界ができるから、それまではと」

しかし、サナヱの父は最期までその計画に反対だった。

「あの結界を崩せば、多くの人が死ぬ。五万、いや、十万の命が瞬く間に消えるだろう。それだけは、何としても止めなければ——去年亡くなる、最期の最期まで、うわ言のようにそう言っていたよ。兄たちはそれぞれ立場を持ってたから、老いぼれの戯言と聞きもしなかった。痩せ細って、骸骨みたいになった手で、父上は僕の手を握ってね。……僕は託されたんだ」

鴉揚羽は瞼を震わせた。

「立場もない。人脈もない。僕には、こんな方法しかなかったんだ。世間的には間違っているかもしれない。でも……」

しかし顔を上げた鴉揚羽の黒い瞳には、揺らぎがなかった。

「僕は、正しい事をしていると信じている」

それからふと、彼女は目を伏せた。

「だから、血を流したくはなかったんだ。あの時はごめん。でも、傷は残っていないんだね。ハルアキに治してもらったの？」

「あ、それは、いや、その……まあ、そんなものです」

鴉揚羽は悪戯っぽく目を零に向けた。

「君は何者なんだい？　陰陽師って雰囲気でもないし」

零は少し考えてから答えた。

「……そうですね、呪祓師(じゅふつし)、とでも名乗っておきましょうか。人の悪意の根源を解き明かし、呪いを祓う。探偵とは、そんな仕事です」

「へぇ。面白い考え方をしてるんだね。……君も不思議な人だよね。綺麗な顔をしてるし。その瞳の奥にある謎を盗んでみたいな」

「………」

「冗談だよ」

鴉揚羽は林檎の芯を屑入れに投げ入れた。

「ボヤボヤしてると時間が来てしまう。あとは準備をしながら話すよ」

そう言うと、彼女はシャツのボタンを外しだした。……胸元を押さえるサラシが目に入り、零は慌てて顔を逸らす。

「僕が今まで、六軒の屋敷でやった事と、この屋敷でこれからやる事。それは……結界の力を弱めるものの破壊」

——結界の力を弱めるもの。明治政府はその配置のため、幕末に「人斬り」として活躍した者たち七人に爵位を与え、屋敷を与えた。

この者たちは、明治政府にとっては旧時代の遺物。あまり触れられたくない存在だった。厚遇する事で、反抗心を削(そ)ぐ目的もあったが、第一の目的は、その屋敷にあった。

男川又八郎――洋館建築に精通し、かつ、「からくり時計」の構造にも詳しい人物。彼に依頼し、常人には思い付かないような出入口を持つ「秘密の部屋」のある洋館を設計させた。その屋敷に七人の人斬りを住まわせ、その秘密を誰にも漏らさぬよう、固く申し付けた。

「知ってるかい？　佐倉子爵は二代目なんだ。その前には本宿男爵って人が住んでいたんだけど、その人、酔った勢いで知り合いにそれを話してしまってね。一家全員――その知り合いも含めて、皆殺しにされたんだよ」

「…………」

「だから、粛清を恐れて他の六人は誰にも言わなかった。……でも、怖いのはそれだけじゃない」

結界の力を弱めるものには、それ自体に強力な呪術が込められている。その力を保つには、人の生気が必要だった。明治政府はその生贄として、彼らを住まわせたのだ。

「加納男爵も二代目なんだ。彼の屋敷は首塚の近く。あそこは特に呪いが強力だから、最初に住んだ伊奈伯爵の一家は全滅してしまった。……さすがに呪術の件は、本人たちには知らされてないと思うけど、薄々は勘付いてるんじゃないかな。調べてごらん？　その家系の死者の数は普通じゃないから」

……この屋敷に噂される呪い。それは根拠のあるものだったのだ。

多ゑはその事実を知らないだろう。しかしそれを察して、穏やかな笑顔で家系を閉ざそうとしている。家族の思い出の詰まった、この屋敷と共に。零の背筋に戦慄が走った。

「そんな風だからね、僕が予告状に目印を仕込んで、それについてほのめかしたら、向こうから鍵を開けておいてくれたよ。秘密の入口も開いてね。でも、『僕がそれを壊した』って事をはっきりさせておかなければ都合が悪い。でないと、一家全員、粛清されてしまうから。だからわざと、『泥棒』という痕跡を残して、侵入したのは僕だと喧伝したんだ」

予告状の目印。あの透かし模様の六芒星だ。それは当事者にとっては、「結界の力を弱めるもの」を示す暗号だったのだろう。

「しかし、この屋敷には予告状が通用しなかった。だから、私を巻き込もうと思った、と」

零がチラリと目を向けると、鴉揚羽は既に着替え、髪を束ねていた。細身のシャツに細身のタイツ、乗馬ブーツという出で立ちは、女性らしい体の線を際立たせている。

しかし、体の大きさと童顔は少女のものだから、零はどう接していいのか分からなくなる。

「……ですが、あなたは他にも、もっと厄介なものを巻き込んでいます。……憲兵です。彼らは警察を撤収させせ、今晩あなたを捕らえに来ます」

「そうだね」

「なぜ、今晩再び侵入すると、警察に知らせたんですか？」

「そうすれば、警察がいなくなるだろ」

「…………？」

鴉揚羽は悪戯っぽく笑った。

「憲兵は、僕を捕まえたりはしないさ。だから、警察が居ては困るんだ。彼らは警察幹部に圧力を掛けて、警官たちを追い出すだろうと、予想したのさ」

「どうして？」

「――殺す気なのさ」

少女のようなつぶらな瞳は、だが強靭な光を放っている。

「本当に捕まえようとしてるのなら、とっくに捕まえているさ。でも、彼らはしなかった。……彼らにとっても、結界の力を弱めるものは厄介なのさ。もうすぐ、山手線は完成する。そうしたら用済みだ。壊してくれればその方が助かる。そう思ってるんだろうね。けれど、僕は彼らとは目的が違う。秘密を知る者を生かしておく訳にはいかないいんだ」

彼女は淡々と話す。零は掛ける言葉に窮した。

「……あの結界は、東京に必要なんだ。環状線は、あってはならないんだ。……僕の力では、こんな事しかできない。けれど、やれる事だけはやりたい。……この命を懸けても」

「それはいけませんよ。御父上も、それは望まれていません」

「大丈夫さ。憲兵に殺されるつもりはないから。さすがに彼らも、この屋敷に押し入ってくるような真似はしないさ。きっと、外で潜んで僕を待ってる。彼らが僕を捕まえられると思う？」

「しかし……」

言いかけて、零は頭を掻いた。何を言っても無駄だろう。

「君さえ黙っていてくれれば、万事上手くいく。もう、後戻りはできないんだ。だから……」

鴉揚羽は零を見据えた。

「ちょっとだけ、付き合ってくれないかな？」

零は大きく息を吐いて天井を見上げた。

「仕方ありませんね」

「君なら、そう言ってくれると思ってたよ。十二時に扉が開く——そろそろいい時間だ」

鴉揚羽は鴉面を被った。

「さすがに明かりの下で使うと眩しいな。……あ、君の分も用意したから。簡易版だけどね」

そう言って、鴉揚羽は手にした布を零に渡した。白い布に、五芒星と目の文様が描かれており、上部に紐が付けられている。布作面（ふさくめん）のようだ。

「扉の先には何があるのですか？」

「それは行ってのお楽しみさ。柱時計の前で待ち合わせだよ。近くの窓を開けておいてくれ」

鴉揚羽はケープを羽織ると電灯を消し、窓を開いて窓枠に乗った。

「あなたはどこに行くのですか？」

鴉揚羽は振り向いた。

「『光』を『消』しに行くのさ」

ケープが風に舞い、蝶の翅に見えた。次の瞬間、その姿は消えていた。

## 【伍】闇夜ノ襲撃

寒風が吹き込む窓を閉め、零は首を竦めた。

「……やれやれ」

かなりの面倒事に巻き込まれたのには違いないが、今さら悔やんだところで仕方がない。零は布作面を顔に付けた。

——何だこれは？　顔を隠しているから前など見えないはずだが、真昼のように景色がよく見える。これが『鴉眼』の力だろうか。

事務所を出て廊下を進み、窓のところで一旦足を止めた。そっと顔を覗かせて門を見る。

——そこには誰もいない。

「………………」

この屋敷の陰に、憲兵たちは潜んでいるのだろうか、彼女を殺すために。そうならない事を願いながらも、零は目を細めた。彼女の言動が、どうも引っ掛かる。

——その時。バチッと音がすると同時に、屋敷周辺が漆黒の闇に包まれた。街灯や常夜灯が一斉に消えたのだ。

……停電だ。鴉揚羽の仕業に間違いない。式神で送電線を切断したのだろう。

布作面をずらして見れば、目の前は闇一色。星明かりすら、ここまでは届かない。

……予告状にあった「光消えし夜」とは、新月の意味ではなく、この事だったのだ。

この暗闇では、憲兵たちもこちらの様子を窺い知る事はできまい。零は面を戻した。

今、この屋敷で動けるのは、零と鴉揚羽の他にない。

静かに廊下を進む。最も階段に近い窓の閂を外し、細く開いた。これで彼女は気付くだろう。

吹き抜けを回り込む。柱時計は、チクタクチクタクと、単調な機械音を響かせている。

時間は十一時五十八分。もうすぐだ。

——と、空気が揺れた。顔を向けた先には鴉揚羽の姿があった。

彼女は文字盤の蓋を開け、振り子の隙間に手を差し込む。内壁に掛けられたネジを取り上げ、じっと針を見つめた。

……三、二、一。

ボーン、ボーン。穏やかな鐘の音が屋敷に響く。

鴉揚羽は微動だにせず、文字盤をじっと見つめている。零は無意識に、鐘が鳴った回数を数えていた。

……十、十一、十二。

その瞬間。文字盤の一部が光るのが見えた。ネジを巻く穴の部分に、光の目印が現れたのだ。

――六芒星。

鴉揚羽は迷いなく、そこにネジを差し込み、右に回した。

カチッっという音と同時に、ボーンともう一回鐘が鳴る。

……『十三の鐘』だ。

鴉揚羽はネジを戻し、蓋を閉めた。

「さ、行くよ」

階段を下りる。入口のはずの大理石の台座は、一見何の変化もない。しかし、裏に回り込んだ鴉揚羽が、すぐに低い声を上げた。

「見てごらん」

……そこには僅かな隙間ができており、軽く押すと扉のように奥へ開いた。

「夜の十二時にだけ鍵穴が現れるっていう時計の仕掛けは、どの屋敷も一緒だった。入口は色々だったけど、柱や壁で繋がってる場所だったから、予測は付いたんだ。でも、こんなに距離が離れているのは初めてだ。きっと、階段の裏とかに、凄いカラクリが埋め込まれているんだろうな」

鴉揚羽はその隙間に身を滑り込ませた。零もそれに続く。

「気を付けて。階段だから」

見ると、急な石段が下に続いている。鴉揚羽は軽い足取りで下りていくが、身を屈めなければならない零はそういかない。頭をぶつけそうになりながら、零は疑問を口にした。

「あなたはどこでこの仕掛けを？」

「父が男川博士の知り合いだったんだ。……僕、色々な事に興味があってね。陰陽道もだけど、機械の仕掛けなんかも、見ていてワクワクするじゃないか。だから昔、無理を言って男川博士の研究室に連れて行ってもらったんだよ。その時に、内緒だよとコッソリ教えてくれたんだ。見た目が子供だから、油断したんだろうな。……その後、博士と父は喧嘩別れしてしまったけど」

「そして、父君からこの地下室の話を？」

「まあ、ザックリとだけどね。最初に見た時は驚いたよ。まさか、本当にあるとは、ってね。……そのふたつの繋がりを知ってしまった以上、これは僕の運命なんだ」

自分に言い聞かせるようなその言葉に、零は眉をひそめた。彼女はまだ、話していない事があるのではないか？

一階分ほど下りたところで階段は終わった。その先は鉄扉で塞がれている。錆びの浮いた表面には、六芒星の紋が彫り込まれていた。

「……君も分かるだろう。この扉の先にあるものを作った者。……蘆屋流の陰陽師だ」

息を呑むほどの冷たい空気が、首筋にジワッと悪寒を催す。鴉揚羽は動じる様子なく、ポケットから鍵を取り出した。

「金庫に一緒に入ってたんだ。拝借したよ」

彼女はそう言って、それを鍵穴に差し込み、カチャリと回した。

ギギギ……と地を震わせる不快な響き。その奥もやはり闇だ。

まさに、真闇。闇自体が物質となり、全ての光を呑み込んでいる、そんな印象である。

鴉揚羽に続き、零も扉を潜る。面越しでも、闇の重さに圧倒される。息苦しさを覚えながら、零は周囲を見回した。

そこは石室になっていた。そして、その奥にあるものに、零の肌は総毛立った。

――人柱。

赤子を逆さまに串刺しにした剣が、地面に突き立てられている。当然、白骨化しているが、落ちないように鎖で括られていた。その周囲を幾重もの注連縄が取り巻き、石を組み合わせた壁には、血染めと思われる呪符が配置されている。そして、天井に描かれた六芒星。

空気の冷たさが尋常ではない。どうしてこんなものの存在に、今まで気付かなかったのか。

彼の横で鴉揚羽は、静かにそれを見据えている。

零は呼吸を整え、その様子を分析する。注連縄の形と方角、呪符の種類と位置、六芒星……。そして呟いた。

「……反結界、ですね」

——それは、非常に強力な呪術。

通常、結界に同種の結界の重ね掛けはできない。しかし、凄まじく強い「呪い」を込めれば、結界を封じる結界、即ち『反結界』を張る事はできる。

……この赤子はこうなるために、産み落とされた存在だ。

苦痛、絶望、怨み、憎しみ、嫌悪——凝縮(ぎょうしゅく)された幾重もの「悪意」を植え付けられ、呪いそのものと化した屍(しかばね)を、こうして晒しているのだ。

あまりのおぞましさに、まともに目を向ける事すら、零には困難だった。

鴉面の内の表情は窺えない。しかし、面から覗く鴉揚羽の口元は、酷く無表情なものだった。

彼女の腕がゆっくりと動き、その手に式神の刃が光る。

それを見て、零は察した。

「駄目だ。これを壊せば、あなたは死んでしまう！」

――この反結界ほどの凶悪な呪術を壊せば、その身に恐ろしい呪いが降り掛かる。これまで六つもの反結界を壊してきたその手がこれに触れたら、恐らく命は助からない。

――彼女は、それを覚悟で、ここに来たのだ。憲兵には殺されない――その意味は、これだったのだ。

鴉揚羽の――鴉面の下から覗く口元が微笑んだ。

「僕の存在なんて誰も知らない。だれも見ていないところでひっそりと死ねるのなら、僕は本望だ。君にひとつだけ頼みたい。僕の中に蓄積された呪いが悪さをしないように、僕の屍を、ここに封印してくれないか？」

「私はあなたを知っています。それに、私の見えるところで死なれては困るんですよ」

零は鴉揚羽の手を押さえた。その小さな手から手袋を抜き取る。

ケープに包まれた肩が震える。鴉面から溢れた涙が白い頬を伝う。

「これ以上、この手を汚してはいけない。……私がやりますよ」

鴉揚羽は顔を上げた。

「それはいけない。そんな事をすれば、君が……」

「いいですか？」

　零は手袋を懐に収め、鴉揚羽の両肩に手を置く。

「私はこの結界を壊しはしません。……残念ながら、あなたの思い、あなたの父上の願いは、遅すぎたのです」

「…………」

「既に鉄道は敷かれ、運用されている。そこに将門公の結界を復活させてしまうのは危うすぎます。将門公の怨霊があるとして、彼からすれば、鉄道という手枷足枷を付けられて目覚めるも同然。恐らく、祟りが起きるでしょう」

「……そんな……」

「間もなく、環状線は完成します。そうなれば、それは新たな結界です。神ではなく人による鉄の結界。それまで、将門公には眠っていていただいた方が良いと、私は思います」

「……君がそんなに残酷な人だとは思わなかったよ」

　鴉揚羽は顔を伏せた。

「これをこのままにしておけば、この家の人たちは死んでしまうかもしれない。鉄の結界が完成するまでに何かあれば、それどころじゃない数の人が死ぬ。君はそれを、ただ指を咥えて見ていられるんだね」

「それもまた、人が定めた運命なんですよ。……ただ」

零は膝を折り、鴉面を正面から見つめた。

「この屋敷の人たちは、私が守ります。そのために、私はここへ呼ばれたんですよ。……ですが、この反結界をこのままにしておくのは、あまりにも残酷だ。この亡骸は供養して、他の形に作り替えましょう。それは、私とハルアキにお任せくださいますか？」

涙に濡れる頬を、零は指でそっと拭った。

「あなたのしてきた事は、決して無駄ではない。屋敷に住み、反結界を守る彼らもまた人柱だった。あなたは、彼らの人生を救ったんですよ。だからこれからは、あなたはあなたの人生を、大切に生きてください」

鴉揚羽は面を額に持ち上げた。間近に見る黒い瞳は、驚くほど優しい色を湛えていた。

「……君はずるいよ。善人のフリをして、とんでもない泥棒だ」

「…………？」

鴉揚羽は面を戻し、零の手を払った。そして、出口に向かったところで足を止めた。

「どうかしま……」

言いかけて、零も気付いた。

——階段を下りてくる足音がする。ハルアキや、この屋敷の住人ではない。それより重く、硬い靴音。

……まさか！

背筋を冷たい汗が伝った。

零は身構える。この石室の中では、身を隠す場所もなければ逃げ場もない。零は咄嗟に鴉揚羽を引き寄せて背中に隠した。

間もなく、カンテラの光が地下室に差し込んだ。軍靴が踏み込み、朽葉色の軍服が姿を現した。

抜き身の軍刀が光を反射して目を刺す。零は慌てて布作面を外した。

カンテラがぐるりと岩屋を照らす。その腕に腕章もなければ、所属を示すものは何も身に付けていない。零は眉をひそめた。憲兵による家宅捜索なら、身分を隠すのはおかしい。どういう事だ？

カンテラを持った手が、零の前で止まった。

「……ほう」

その人物はこちらをまじまじと観察しているようだ。

「鼠がこんなところまで入り込んだとは。……いや、言うなれば鴉か」

零の首元にピタリと軍刀の切先を押し当てて、侵入者は告げた。

「鴉を前に出せ。そうすれば、おまえは後回しにしてやる」

その言葉が、零の心臓を凍り付かせた。

先程、鴉揚羽が言っていた話――一家皆殺し。それを担う特殊部隊が、楢崎家を襲撃に来たのだ。

恐らく、昨夜の騒動で彼らは気付いたのだろう。多ゑがこの屋敷の秘密を継承していない事に。そのような者をこの屋敷に住まわせておくのは危険だ。だからと言って、殉国の国士の夫人を公に追い出す事もできない。……ならば、消すしかない。今なら、怪盗が昨夜の失敗の復讐に来たという事にすればいい。

――何という事だ！

硬直する零の背後で、鴉揚羽が囁いた。

「僕を出せ。僕が君を巻き込んだ。僕は自分の身は自分で守れる。その隙に君は逃げろ」

しかし、残念ながらそれは無理だ。攻撃手段の手袋は零の懐の中だ。この狭い空間ではケープの能力も発揮できない。

軍刀が零にかける圧を上げる。

「二人一度に串刺しにされたいのか」

零はゆっくりと息を吐いた。状況を把握する。

相手は一人。階段の幅は一人がやっと通れるほどの狭さのため、複数人が押し掛けてくる事は考えにくい。武器は軍刀のみで、銃器は構えていない。ここは夜の住宅街で、彼らの目的は暗殺。騒ぎを大きくしたくないはずだ。だから、大きな音の出る銃器の使用は避けているのだろう。

――ならば、いける。

零はゆっくりと両手を上げた。

「……わ、私は人質でして。鴉揚羽に脅されています。助けてください……」

すると侵入者はせせら笑った。

「それは運が悪かったな……」

剣先が揺れる。その瞬間。零は手に持った布作面を侵入者の顔に投げた。ピタリと顔に張り付いたそれが、カンテラの光を増幅させて、侵入者の目を眩ます。

同時に身を避け、軍刀の束を握る。手刀で手首を叩き捻り上げると、侵入者の手から軍刀が離れた。

「うわっ！」

相手はこちらが丸腰の一般人だと油断しており、そして彼がカンテラを持っており、片手で軍刀を扱っていたから何とかできた。しかし彼がただ軍刀を奪われるはずはない。振り回したカンテラが顔面を強打し、零の右目の視力を奪う。

「今のうちに、早く！」

もしものために鴉揚羽に手袋を返したいところだが、その余裕はない。零は体当たりして隙を作る。

鴉揚羽は頷き、ケープを翻して階段へと消えた。

「貴様……！」

激昂する侵入者の首元に、零は軍刀を突き付けた。そして壁を背にじりじりと階段へ向かう。

……腰で根付がカタカタと音を立てる。

「分かりましたよ。でも小丸、守るのは私ではなく、多ゑさんたちです」

零は根付を解放した。侵入者がこの男一人という事はないだろう。恐らく、屋敷内に刺客が多数侵入している。この屋敷の住人に何かあったら、死んでも悔やみ切れない。

零の思いを察し、白狼の姿をした焔は零の足元をすり抜けて、風のように階段を駆けていった。

侵入者は不可解な顔をした。犬神である小丸は、通常の人間にその姿は見えない。

しかしその強靭な牙は、人を噛み殺す事もできる。

とはいえ、多勢に無勢。零も早くこの場を切り抜け、彼女たちを助けに行かねばならない。

背を預ける壁が消えた。階段に到達したのだ。そろそろと後ろに足を踏み出す。

横目で鉄扉を見る。カンテラの光で辛うじて視認できるそこには、鍵が刺したままになっていた。距離を取れれば、鉄扉を閉めて侵入者を閉じ込める事ができる。

ならば――と、零は軍刀を投げつけた。侵入者が怯んだ一瞬で鉄扉を閉じ――ようとするが、動かない。なぜだ⁉

答えはすぐに分かった。軍刀の鞘が蝶番の隙間にねじ込まれ、扉が動かなくなっている。

「……馬鹿が」

侵入者が軍刀を拾い上げる。こうなったら、逃げるしかない。

零は階段を駆け上がった。距離はある。このまま上まで逃げ切れば――

――その時、銃声が響いた。灼熱が身を貫く。

二発目、三発目。胸元に赤い花が散る。零は力を失い、階段を転げ落ちた。

脱力した体を血の池が浸していく。その様子を見下ろす侵入者は、拳銃をベルトに収めた。

「手間を掛けさせやがって」

そう吐き捨てて、彼は零の背中に刃を突き立てた。

◇

「……起きなさいよ、ねえ、起きなさいってば！」

揺り動かされて目を開ければ、辺りは闇だった。

――それにしても暗い。まだ夜中ではないか。

「ねえってて！」

なおも揺さぶられて、ハルアキはカッと起き上がった。

「やかましい！　余は眠いぞ！」

……そして、目の前に桜子の顔が浮かんでいるのを見て、「うわっ！」と叫んだ。

「何よ、私がそんなに珍しい？」

桜子は顔の下に持ったカンテラを畳に置いた。

「な、なぜここに……！」

「あんたが帰れと言うから、一旦は帰ったわ。でも、どうしても気になって、眠れなかったから、来ちゃった」

「…………」

「外階段のところの鍵は預かってるし、今日は事務所とお屋敷を区切る扉が開いてたから、そのまま入れたわ。だけど、停電かしら。この辺だけ真っ暗ね」

ハルアキは寝癖だらけの頭を掻きながら眉根を寄せた。昨夜どうやって眠りについたのか、思い出せない。

「それより、あの人、どこに行ったの？」

言われて隣を見れば、布団は畳まれたままで、零の姿はどこにもない。

「まさか、また今晩、鴉揚羽が忍び込むっていう情報を仕入れて、ひとりで行ったんじゃないでしょうね」

桜子は腰に手を当てた。

「あれだけ私を置いてきぼりにしないって約束したのに、許せないわ」

そして立ち上がり、ハルアキを見下ろす。

「行くわよ！」

「六合」

ハルアキの手が動いた直後――桜子は彼の布団に倒れ込み、眠りに落ちた。彼はその体に布団を掛ける。

「…………この女子(おなご)はともかく、余を置き去りにするとは許せぬ」

ハルアキはカンテラを手に部屋を出た。

なるほど、確かに暗い。このカンテラがなければ、歩くのも困難だろう。

ハルアキは考えた。星の位置から、零時を過ぎている。もし桜子の言う通りなら、既に鴉揚羽に侵入されていると考えるべきだろう。しかし、まだ奴の目当てが分かっていない。どうする？

その時、庭先で光が揺れるのが目に入った。

見ると、玄関の前に人影がある。二十人はいそうだ。そして、彼らが手にした刀のようなもの。

ハルアキは身を隠し、カンテラを手で覆った。耳を澄ませる。

玄関の扉が開く音、雪崩込む軍靴の足音――この様子、穏やかな訪問のはずがない。

彼は慌てて部屋に戻る。恐らく、鴉揚羽を捕らえに来た憲兵だろう。しかし、警察を帰らせた上で夜中に忍び込むとは、まともな事態とは思えない。

「……余は武芸が苦手じゃ……」

式神で対抗するには、数が多すぎる。そして何より――

「…………」

多ゑと女中姉妹の身が危険に晒されているかもしれない。ハルアキはゾッとした。

――急がねば。しかし、どうする⁉

ハルアキの仕業とはいえ、桜子は呑気に寝入っている。まったく、飛んで火に入る夏の虫とはこの事だ。

「……ん？　良い方法があるではないか。しかし、それには……」

ハルアキは下足入れに掛けられた靴べらに目を付けた。……この状況で贅沢は言っていられない。

ニッカポッカのポケットから式札を取り出す。それを靴べらに当てると、金色の焔がそれを包んでボワリと広がった。それが消えると、そこには一振りの薙刀が残されていた。

――名刀・靴べら姫じゃ。

それから今度は、カンテラに式札を当てる。すると、カンテラの底に一本脚が生え、ピョンと立ち上がる。不格好だが、足元を照らすだけならこれで十分だ。

そして桜子の側に行く。

「――天后（てんこう）。こやつを起こせ」

式札と同時に、水の羽衣を纏う天女が舞う。

「……うーん……」

桜子が頭を揺らす。ハルアキは押し入れに身を隠した。

◇

「…………」

目を開くと、唐傘お化けみたいに脚が生えたカンテラがピョンピョンと、桜子の周りを跳ね回っていた。彼女は飛び起きる。

「――はあ？」

――意味が分からない。それに、ここはどこ？

桜子は目を擦った。

「……嫌だ、あの人の部屋じゃない。何でこんなところで寝てるのよ？」

そして桜子はパチンと手を打った。

「分かったわ。これは夢ね」

――そうに違いないわ。でなきゃ、この状況の説明がつかないもの。でもそれならば、鴉揚羽を捕まえなければ損ね。大立回りで怪盗を追い詰めるの。そして、私は名探偵。

零とハルアキを従え、鹿撃ち帽にトレンチコート姿の桜子は、今日も難事件に立ち向かうのだ。

状況を都合良く解釈した桜子は、意気込んで立ち上がる。

「行くわよ、助手たち……って、誰もいないじゃないの」

……見回すと、その代わりに下足入れのところに薙刀が立て掛けられていた。

きっと望むものが現れる仕組みになってるのね——と、桜子は薙刀を手に部屋を出た。

その後から、押し入れから出てきたハルアキが続く。術者から距離が空くと、薙刀の変化(へんげ)の効果が薄まるため、ついて行かねばならないのだが……。

「……大丈夫かの?」

ハルアキは足音を忍ばせて桜子に続いた。


カンテラお化けに先導され、廊下を出て階段へと向かう。

活動写真なら、そろそろ敵が出てきても良さそうな頃合いだ。でも、それは本命の怪盗ではない。怪盗はもっと後。まずは、秘密裏に怪盗を狙っている悪い奴——裏社会に通じてる軍隊のような連中が出てくるのがお決まりだ。

すると、その印象にそっくりな二人組の男が現れた。彼らは軍刀を振り上げ、問答無用で桜子に襲い掛かってきた。桜子も負けじと思い切り薙刀を振る。

「どりゃあああ‼」

「ぐわっ!」

軍刀よりも薙刀の方が圧倒的に間合いが広い。

強烈な一撃に跳ね飛ばされた一人がもう一人を押し潰し、二人は動かなくなった。

「……チョロいわね」

まぁ、夢だし――と、桜子は鼻歌混じりに階段に踏み出した。

……廊下の陰でそれを見ていたハルアキは、倒れる憲兵二人にソロリと近付いた。

生きてはいるようだ。

名刀・靴べら姫は、式神を憑依させてあるため、通常の薙刀の比ではない威力を持つ。出会ったら最後、不運と言うより他にない。ハルアキは彼らに同情しつつ、桜子の後を追う。


――桜子が踊り場に立つと、またしても悪者が現れた。今度は三人。

「うりゃあああああ‼」

軍刀を弾き飛ばされた者は壁に頭をぶつけて失神し、横から狙う一人は柄を鳩尾に受けて手すりの外へ飛ばされる。腰を抜かしたもう一人の脳天を軽く打って眠らせると、桜子は腰に手を当てた。

――名探偵は正義の味方だから、血を流したりはしないの。

桜子は悠然と階段を下りる。するとそこにも悪党が。

「ふんっ！」

ひと突きで二人飛ばされ、ひと薙ぎで三人が床に伏す。次々に襲い掛かる悪漢を、玄関ホールの吹き抜けを舞台に、華麗な刀捌きで薙ぎ倒していく。

「はぁ〜ッ、気持ちいい〜っ！」

爽快な気分で周囲を見渡すと、目を回した男たちの山があるだけで、動くものはなくなっていた。

——そろそろね、怪盗の登場は。

「……ハハッ、君、凄いね。見惚れてしまったよ」

頭上から声がした。見上げると、シャンデリヤにぶら下がる黒い影——

「とうとう現れたわね、怪盗・鴉揚羽！」

桜子は薙刀を構えた。

「下りてらっしゃい、尋常に勝負よ！」

「いやいや、君には敵わないよ。それに、僕の目的は君じゃない」

カンテラの淡い光が鴉面を照らす。

「目的は終わったんだ。僕はもう二度と、君たちの前に現れる事はないだろう。だからお願いだよ。僕を見逃してくれないか？」

「……えぇ？」

筋書きと違う。それじゃ、私は名探偵になれないじゃない——桜子は困惑した。

「お願いついでに、もうひとつ」

　鴉揚羽は廊下の奥を指した。

「ここの住人を傷付けたくなくてね、扉を封じておいたんだ。扉の前の悪者は、彼の相棒がやっつけたと思うけど、封印を外しておいてくれないかな？　御札を剥がすだけだから」

「……え、ちょっと、尋常に勝負……」

「じゃあ、さよなら——階段の陰に隠れている、君も」

　そう言うと、鴉揚羽はケープをはためかせた。そして身軽に二階の手すりに飛び移ると、闇の中に姿を消した。

「…………」

　桜子は呆然とそれを見上げる。

　——何なの、この夢は？

　すると、背後で声がした。

「おぬし、何をしておる？」

　ハルアキだ。どうして彼が自分の夢に入り込んでいるのかと、桜子はますます混乱する。

「ほれ、靴べらなどを持って何をしておるかと聞いておる」

「靴べ……へ？」

慌てて見ると、しっかりと手に握られているのは、薙刀などではなく、靴べらである。

「夢でも見ておるのか？」

「え？　これは夢でしょ？　だって、カンテラに脚が……」

しかしカンテラは、桜子の足元にちょこんと置かれていた。

「…………？」

理解が追い付かない。

──あれ？　私、何をしてたの？

「まぁ良い。あやつが言う通り、封印を解きに行くぞ」

「…………」

「早うついて参れ。余では背が届かぬ」

「わ、分かったわよ、うるさいわね……」

桜子は仕方なくハルアキに従った。

◇

――それより少し前。

鴉揚羽は大理石の台座の陰に身を潜め、様子を窺っていた。侵入者は多数、皆武器を手にしている。

あいにく、こちらの武器は先程、零に渡してしまった。迂闊に出て行けば餌食になるだけだ。

幸いにも、時計の鍵を開ける前、この屋敷の住人の寝室は封印しておいた。

万一、途中で起きて来られては困るからだが、この状況では賢明な判断だった。扉の上部に貼った呪符さえ剥がされなければ、持ちこたえてくれるだろう。

その時、鴉揚羽の足元を風が駆け抜けた。

――犬神だ。零が放ったのだろう。陽炎のような毛並みをなびかせて、疾風の勢いで廊下の奥へと突進していく。

その雄姿はまさに真神。住人たちの護衛は、彼に任せていいだろう。

ならば――救われた命、ここで散らす訳にはいかない。

鴉揚羽は侵入者たちの動きを読む。寝室の方へ四人、二階へ五人、残る数人が玄関ホール辺りをうろついている。それを踏まえて、自分が何をするべきか考える。零が下から逃れてきたら、まず自分が囮になり、注意を引き付ける。そして……。

――その時だった。階下で銃声のような音が聞こえた。狭い階段に反響するその音は、入口に立っていないと気付かなかっただろう。しかしそれは、彼女の背筋を凍り付かせるには十分だった。

鴉揚羽はケープを翻し、階段を駆け下りる。

そして、血の海に倒れた零の姿を目にして血の気を失った。グサリと背中に突き立った軍刀は、どう見ても心臓を貫いている。

「…………」

息を呑む音が震える。口元を押さえる手が氷のように冷たい。

「生真面目に戻って来たのか」

侵入者は零の体から軍刀を抜き、階段に目を向けた。

「次はおまえだ」

銃口が鴉揚羽に照準を合わせる。

剣先から血を滴らせながら、侵入者はこちらに歩を進める。

動けない。動転した脳は、強張る体に何の信号も送らない。

——僕のせいで彼は死んだ。僕のせいで彼は死んだ。僕のせいで……！

「死ね」

その時——鴉面の下で見開く瞳に、信じられない光景が飛び込んできた。

階段に踏み込んだ軍靴の足を、零の手が掴んだのだ。

「――――!」

侵入者は驚いて足元を見る。その足を下に引かれ、男は階段を踏み外した。

「………!」

次の瞬間。零のもう片方の手が軍服の胸ぐらを掴んだ。そして一気に、背負い投げで男を床に叩き付ける。

「……うぐっ……」

侵入者は白目を剥いて気絶した。

それを見て、鴉揚羽の脚も力を失った。ヨロヨロと階段に腰をついたまま動けない。

――良かった。彼は生きていた。……いや待て、あの怪我で生きていられるはずがない。ましてや、あんな風に動けるはずがないじゃないか。……では、彼は、『何』なんだ?

目が離せなかった。恐怖に揺れる瞳に、中腰で肩を揺らす姿を捉えたまま、彼女は金縛りに遭ったように動けなくなる。

やがて、零はバタリと倒れた。仰向け(あおむ)けに横たわり、ゼエゼエと大きく呼吸している。

……とにかく、零は、彼女を助けた。そして、酷い怪我をしている。それは間違いない。手当をしなければならない。

体よ、動いてくれ……と、鴉揚羽は這うように階段を下り、血の海を通りすぎる。

そして、零の体に触れようとして、手を止めた。

——怖い。

陰陽道を学ぶうち、常識では通用しない事柄も数多く目にした。けれども、命の法則を無視したこの存在を、彼女は知らなかった。

すると、零の目が動いた。

「……逃げなかったんですか」

「………………」

「放っておいてください。私はそのうち治ります」

そう言って零は目を閉じた。

「お願いですから、見なかった事にしてください。……でなければ、私はあなたを殺さなくてはならないんですよ」

呼吸が静かになってきた。やがて零はむくりと起き上がり、血で汚れた頭をボリボリと掻いた。

「……君は、何者なんだ？」

ようやく絞り出した言葉は掠れていた。零は無表情で天井を見上げる。

「分かりません。気付けば、こんな体をしていました」

「………………」

「そうだ、こうしましょう。銃で撃たれはしましたが……これ――」

　零は首にぶら下げた鏡を見せた。

　――太陰太極図が彫ってある。

「これが弾いてくれたおかげで助かったんです」

「……刀は？」

「あれは……反結界のアレと見間違えたんですよ」

　淡々と語る零の表情が、何よりも不気味だった。鴉揚羽は一歩下がろうとして、血の海に手を突っ込んだ。

「…………」

「その血は、この男のです。頭を打って怪我をしました。頭の怪我は、見た目以上に出血しますからね」

　零はそう言って、侵入者の頭を鷲掴みすると、床に叩き付けた。ウッと呻いて、男は再び失神する。

　何とか壁際まで後退し、鴉揚羽は身構えた。零は一切の感情がない目でこちらを見ている。

「納得できたら、出ていくのです。そして、二度と私の前に姿を見せないでください」

恐怖が極まると人は笑うというのは本当のようだ。鴉揚羽は肩を震わせた。

「納得なんて、できるわけないだろ。だって、こんなの……」

気付けば、零の顔が目の前にあった。カンテラで殴られた傷も、跡形もなく綺麗さっぱり消えている。

――そして、漆黒の鞘の短刀が首筋にピタリと当てられた。カチリと音が鳴る。

「私の事を、私の存在を、あなたの記憶から、全て消してください」

自然と涙が溢れていた。……そんな事はできない。心がそう訴えている。けれども、この短刀の露（つゆ）に消えて、彼の心に傷を残す事は、本意ではない。

涙も、言葉も、思いも、全てを一息に呑み込んで、鴉揚羽は頷いた。

「分かったよ」

「それは良かっ――」

言いかけたその口を唇で塞いだ。そしてサッと身を引くと、彼女はケープを翻して階段を駆け上っていった。

「…………」

零はしばらく呆然とそこに立っていた。そして何をされたのかを理解すると、再びボリボリと頭を掻いた。

そこへ小丸が戻ってきた。

「ウォン！」

満足のいく仕事ができたのだろう、褒めてくれと全力で主張する。

「よくやりました。頑張りましたね」

柔らかい首筋を撫でてやると、これでもかという勢いで顔を舐めてくる。ひとしきりされるに任せていると、小丸は根付に姿を戻し、零の手の中に収まった。

「――さて」

小丸が戻ってきたという事は、片が付いたという事だろう。しかし、小丸だけで全て対処できたのだろうか？　それとも、ハルアキが手を出したのか。果たしてどうなっている事やら。零は階段に足を掛けた。

――その足に、手に、首に、腰に、白い糸の束のようなものが絡みついた。一瞬で身動きを封じられる。

「――――！」

そして次の瞬間には、零は異空間にいた。

――太乙の領域。この世とあの世の狭間。

上も下もなく、光も闇もない。ただ、細く糸のようにうねる靄だけが、その空間を満たしている。

「……なぜ、あの者を始末しなかった?」

どこからともなく声がした。冷たい女の声。……動悸が速まる。瞳孔が開く。

糸の束はするすると零の全身に絡み付く。零は知っている、これは彼女の、髪。この空間を満たす靄のようなもの、全てが彼女の髪だ。

「なぜ、あの者を始末しなかった?」

同じ声がした。だがその声は明確に、彼の背後から聞こえていた。震える目を動かすと、髪は彼の首を締め上げた。

「余計な事をするな。妾の問いにのみ答えよ」

「……彼女は、何も、見て、いません……」

「妾の目を誤魔化せるとでも思うたか」

髪が蛇のように動く。腕を捻り上げ、内臓を締め付け、足を引き千切ろうとする。

零は悲鳴を上げた。

「妾がこの世界から出られぬ事を侮るか。そのためにそなたを生かしておる事を忘れたか」

肩が外れ、腕があり得ない方向に曲がる。

「汝は妾の右目、汝は妾の刃、汝は妾の鏡。人にその存在を知られてはならぬ」

「…………」

「妾の意思にのみ従え。この指一本とて、自由にならぬと思い知れ」

髪先が細く巻き付き、右手の小指がねじ切れる。

「これは、汝との契約ぞ。時満ちるまで、その『罪』を忘れるでない」

巻き付いた髪が肌を裂く。そのまま締め上げられ、零の体は四散した。


――気付くと、階段に倒れていた。

滝のような汗が全身を濡らしている。零は震える右手を確認する。小指は付いていた。

だからと言って、あれは夢などではない。

太乙は、存在する。


――太乙。

この世とあの世の狭間に在り、魂の行き来を監視する番人。

だが、彼女自身は『太乙の領域』と呼ばれる、その空間からは出られない。その空間が、太乙自身でもあるからだ。

太乙の領域の内では、彼女は姿を具現化できる。

かつて契約した際に、零は一度だけそれを見た。光と闇を綯（な）い交ぜたその姿は、たとえようもなく美しかった。

その力の半分を、彼女は零に託している。

――彼女の印である太極図の浮かぶ右目、彼女の境界を侵した魂を断罪するための『陰の太刀』、そして、彼女の領域の入口となる『陽（いつわり）の鏡（かがみ）』。

それを彼女は、「契約」であり、「罰」だと言う。

だが零には、そこに関する記憶がない。覚えているのは、およそ九百七十年生きている事、契約期間は千年である事、そして、傍にはずっと小丸がいた事……。

それより前の記憶は一切ない。どこで生まれ、どのように生きていたのか。

――彼の犯した「罪」とは何なのか。

どんな傷を負っても死ぬ事もなければ老いる事もないこの体を、彼は呪いだと思っている。契約が満了するまでは、どんな手段をとっても、彼女から逃れられないからだ。

苦痛がなければまだいい。しかし痛みは人並みに感じるから、致命傷を負った時には絶望的な気分になる。軽い傷ならすぐ治るが、傷が深ければ深いほど、治癒に時間がかかる。それまでの時間、悶え苦しむあの感覚を思えば、死とは上手くできているとさえ思う。

そんな体だから、零は人と深く付き合えない。歳を取らない人間は、人間の世界には受け入れられない。同じ場所に長く留まる事もできなければ、誰かを愛する事もできない。

それればかりか、彼の秘密を知った者を、太乙は許さない。誰かを傷付けないために、彼は孤独でいなければならない。

だが、それでも人と接していなければならない。この世とあの世を侵す者——妖は、人の悪意に呼び寄せられるからだ。

そこへ、太乙は零を導く。全てが仕組まれた筋書きであり、雁字搦めの運命の中で、僅かな自我を満足させようと足掻き続ける。

人の世界にありながら、その存在を陰(かげ)にして、陽(いつわり)の顔で悪意に近付く。

喜怒哀楽という色は捨てた。

悪意——呪いに触れる度に、それが引き起こす様々な感情の色に染まっていたら、心が保てない。心の色は白か黒、それだけでいい。

鴉揚羽を逃がした事が、太乙を激怒させた。

太乙は零にとって——いや、魂あるもの、万物にとって恐怖の対象ではあるのだが……。

「いくらなんでも、八つ当たりが過ぎませんかね」

体が繋がっている事を確認しながら、零はゆっくりと起き上がった。

……頭がふわふわする。体はすぐに治っても、血液と髪は人並みにしか戻らない。

これは太乙の設定間違いだと、零は思っている。

這うように階段を上り、大理石の扉を開けると、周囲は既に明るくなっていた。

◇

「……これ全員を、あなたが?」

刑事が目を丸くするのも無理はない。桜子だって、夢だと思っていたのだ。

——玄関ホールに、軍服を着た男が十五人、手錠で繋がれている。それを眺めて、

桜子は首を傾げた。

「多分、そういう事だと」

「何を使って?」

「……これ?」

そう言って、桜子は手にした靴べらを見せた。

「………」

刑事たちが顔を見合わせるのを見て、ハルアキがニヤニヤしている。

警察の話によると、どうやら男たちは、軍人に偽装した盗賊団だったらしい。彼らこそが、怪盗「鴉揚羽」だったようだ。

――シャンデリヤにぶら下がって華麗に去った鴉面の少年は、怪盗というものへの憧れが見せた、桜子の夢だったのだ。

ここにいる十五人の他に、なぜか獣に襲われて瀕死だった男が四人と、地下室で頭から血を流していた男が一人、病院に運ばれて行った。

地下室の人は零が格闘の末にやっつけたらしい。彼はボサボサ頭の酷い顔色で台座から出てきたと思えば、一言「疲れました」と言い残して部屋に行ってしまった。

そっとしておいた方がいいだろう。

地下室は、憲兵が来てすぐに立ち入り禁止にした。しかし、あんなところに地下室があったとは驚きである。中を見たいと言ったところ、ハルアキが物凄い顔で睨んできたので、桜子は素直に諦めた。

ちなみに、多ゑとカヨ、キヨは無事だった。

「物音がしたから見に行こうとしたら、停電しているし扉が開かないし、困ったのよ。

犬みたいな鳴き声も聞こえてね、気味が悪かったわ」

御札を外し、扉を開けた後、キヨはそう言っていたが、多ゑの第一声は――

「あら、もう朝ですの？」

実に平然としていた。

――翌日、桜子の名前が新聞の一面に載った。

――職業修業ノ婦人、靴箆（クツベラ）デ鴉揚羽ヲ撃退――

「見て見て！　新聞に載ったわよ！」

出勤途中に駅前の売店で買ったらしい新聞を手に、桜子が犬神怪異探偵社の扉を開けた。

彼女は応接テーブルでハルアキと向き合う零のもとにやって来ると、卓上に置かれたものを覗き込んで声を上げる。

「何よ、これ」

それは婦人誌だった。見開きの記事に大きく、零の写真が載っている。

――泥棒ニ間違ヘラレシ薄幸ノ美青年探偵――

「……ちょっと、記事の方向性が理解できないわ」

「おぬしの見出しは分かり易い。虫退治が得意な事がよく伝わる」

「このくそガキ！」

桜子がハルアキの耳を引っ張った。

すると、事務所の扉がノックされた。キヨの声だ。

「桜子さんに、会津のお母様からお電話ですよ」

彼女を見送ってから、零はひとつ溜息を吐く。

……結局、警察が上手く辻褄（つじつま）を合わせたようだ。桜子の大立ち回りを聞いた時には肝を冷やしたが、陰に式神の力があったと知って納得した。

ハルアキには事情を話した。一段落付いたところで、地下室の反結界を作り変えねばならない。

……しかし、あの反結界があったところで、この家の人々に害が及ぶ事はない。呪いは生気を吸う。そこに、不死という、言わば生気が無限である零の存在があれば、彼女たちに影響はない。

この屋敷に零を導いたのは太乙の意思だ。しかし、零には今までその目的が分からなかった。

鉄の結界――山手線が出来上がるまで、この地は不安定になる。そういう不安定な場所には、妖や鬼が集まり易い。それらの怪異を追うのには、「探偵」という立場は便利なのだ。欲を言えば、このままここに居られる事を願いたい。役割を終えるまで……。

桜子が出て行くのと同時に、零はキヨから手紙を預かった。

――この時間に郵便受けに投函されていたとは、まさか……！

零への宛名がある封筒を開ける。と、そこには写真が数枚入っていた。

……外階段を下りる零の姿、庭を歩く様子、笑い顔のアップ……。

「…………」

零は眉根を寄せた。そして、裏を返してみると値札が貼られている。ブロマイドにでもして売る気なのか。

「……まだ何か入っておるぞ」

ハルアキが封筒からカードを取り出した。そこには、新聞の文字の切り抜きを並べてこうあった。

——御宝ヲ頂戴致シマシタ　　怪盗　鴉揚羽——

「盗みという目的が達せられなかった故、そなたの写真を売って稼ぐ気か。強かじゃな」

確かに、彼女はこれまで、反結界を壊すだけでなく、盗みも働いていた。写真だけで済んだのは安いかもしれないが、しかし……。

「当分、外へ出られませんよ。ハルアキ、助けてください」

「余は、人助けはせぬ主義でな」

ハルアキは金平糖の瓶を手に、ニヤニヤとして納戸に入っていった。

零は桜子に見られる前にと、ブロマイドを机の引き出しに仕舞った。その横に、片方だけの小さな手袋。果たして、これはどうしたものか……。

零は椅子に身を沈めると、大きく溜息を吐いた。

——太乙からもだが、あの大泥棒からも、逃れられそうな気がしない。

◇

——久しぶりに母と話した。

新聞記事を見て問い合わせた末の電話だった。

電話越しの声は元気そうだった。そして彼女は桜子に「相変わらずで安心したわ」と笑った。

父は未だ桜子にわだかまりを持っているそうだが、母はそうではないらしい。

「あなたが進みたい道へ行きなさい」

そう言ってくれた。

「窮屈にさせて、ごめんね」

——とも。母の時代は、それが当たり前だったからと。

時代はどんどん変わっている。でも、人間というのは、そうすぐには変われないもの。気が付けば、時の流れから取り残されていく。

桜子は自室の窓に肘をつき、夕空の紅に色付く浅草の街を眺めた。

天高くそびえる凌雲閣。その手前に見える浅草寺(せんそうじ)。少し奥には田んぼが広がっていて、華(はな)やかな明かりが灯り出した吉原(よしわら)が小さく見える。

——五十年後、百年後には、この景色はどうなっているのかしら。

夕方の風はまだまだ肌寒い。桜子は窓を閉め、卓袱台の前に座る。

……今日の夕飯は牛肉弁当。仕事帰りに、浅草駅前の売店で買ったのだ。新聞に載った記念の、自分へのご褒美だ。

……と、弁当の横に置いた写真を手に取る。売店横の写真屋で売っているのが目に入り、つい買ってしまった。明日事務所に持って行って、冷やかしてやろうと思ったのだ。

「……誰に撮られたんだか」

屋敷の庭で微笑む零。その視線の先には――画面にはないが、桜子がいる。

「…………」

そう思うと無性に気恥ずかしくなり、桜子は慌てて写真を戸棚に仕舞った。

そして卓袱台に戻り――

「いっただっきまーす」

と、箸を持った。

――東京の夜は、瞬く星空のように更けていく。

# 神さまの借金とりたてます！

内定していた会社が倒産して実家の神社で巫女をすることになった橘花。彼女はその血筋のお陰か、神さまたちを見て話せるという特殊能力を持っている。その才能を活かせるだろうと、祭神であるスサノオノミコトの借金の肩代わりに、神さま相手の何でも屋である「よろず屋」に住み込みで働かないかと頼まれた。仕事は、神さまたちへの借金取り!? ところが、「よろず屋」の店主は若い男性で、橘花に対して意地悪。その上、お客である神さまたちもひと癖もふた癖もあって――

定価：726円（10%税込み）　ISBN 978-4-434-31350-9

Illustration：ボダックス

大正十四年、銀座。とあるカフェーで女給の千歳は窃盗事件に巻き込まれる。そこに現れたのは、事件解決のために呼ばれた探偵である兎田谷朔（うさいだやはじめ）という男。彼の華麗な推理で、事態は収束。大団円かと思いきや――

「解決さえすりゃ真実なんかいらないのさ」

なんとその推理内容は、兎田谷自身が組み立てたでっち上げの真実だった！　口八丁でどんな事件も丸く収める、異色の探偵兼小説家が『嘘』を武器に不可思議な依頼に挑む。

◎定価：726円（10％税込）　◎ISBN 978-4-434-30555-9　◎illustration：新井テル子

こちら鎌倉
あやかし
社務所
保険窓口

こちら鎌倉
あやかし
社務所
保険窓口
たかつじ楓
あやかしの霊力不足、負傷…
それ、ホケンで
解決します

店長を務めていた雑貨屋が閉店となり、意気消沈していた真璃。ある夜、つい飲みすぎて居眠りし、電車を乗り過ごして終点の京都まで来てしまった。仕方なく、祇園の祖母の家を訪ねると、そこには祖母だけでなく、七福神の恵比寿を名乗る謎の青年がいた。彼は、祖母が営む和雑貨店『七福堂』を手伝っているという。隠居を考えていた祖母に頼まれ、真璃は青年とともに店を継ぐことを決意する。けれど、いざ働きはじめてみると、『七福堂』はただの和雑貨店ではないようで——

◉定価：726円（10%税込）　◉ISBN:978-4-434-30325-8

◉Illustration：睦月ムンク

この作品に対する皆様のご意見・ご感想をお待ちしております。

おハガキ・お手紙は以下の宛先にお送りください。

【宛先】

〒 150-6008 東京都渋谷区恵比寿 4-20-3 恵比寿ｶﾞｰﾃﾞﾝﾌﾟﾚｲｽﾀﾜｰ 8F
（株）アルファポリス　書籍感想係

メールフォームでのご意見・ご感想は右のＱＲコードから、
あるいは以下のワードで検索をかけてください。

アルファポリス　書籍の感想　検索

ご感想はこちらから

久遠の呪祓師——怪異探偵犬神零の大正帝都アヤカシ奇譚

山岸マロニィ（やまぎしまろにぃ）

2022年 12月28日初版発行

編集ー仙波邦彦・宮坂剛
編集長ー太田鉄平
発行者ー梶本雄介
発行所ー株式会社アルファポリス
〒150-6008東京都渋谷区恵比寿4-20-3恵比寿ｶﾞｰﾃﾞﾝﾌﾟﾚｲｽﾀﾜｰ8F
TEL 03-6277-1601（営業） 03-6277-1602（編集）
URL https://www.alphapolis.co.jp/
発売元ー株式会社星雲社（共同出版社・流通責任出版社）
〒112-0005東京都文京区水道1-3-30
TEL 03-3868-3275
装丁イラストー千景
装丁デザインーAFTERGLOW
印刷ー中央精版印刷株式会社

価格はカバーに表示されてあります。

落丁乱丁の場合はアルファポリスまでご連絡ください。

送料は小社負担でお取り替えします。



ISBN978-4-434-31351-6 C0193